Die Zeit mit Elischewa

Eine Geschichte basierend auf dem Matthäus- und
dem Lukas-Evangelium

AF235339

Stephanie Meier

3. Auflage November 2022

Umschlagsbild: Stephanie Meier

Dies ist die Geschichte von Mariam und Elischewa und ihren Söhnen, Jeschua und Jochanan. Die Ereignisse habe ich wiedergegeben, wie sie in der Bibel stehen (Matthäus 1, 18ff und Lukas 1), und mit fiktiven Elementen ausgeschmückt. Ich habe gerungen mit der Vorstellung, die Zeugung durch den Heiligen Geist geschehen zu lassen, und mir überlegt, ob ich nicht doch den natürlichen Vorgang ins Spiel bringen wollte. Schliesslich aber blieb ich beim Wunder der jungfräulichen Zeugung, was aber nicht heisst, dass ich fundamental glaube, dass es so geschehen sein muss. Für mich ist es auch eine Möglichkeit, dass die Geschichte symbolisch ist und nicht unbedingt eins zu eins so geschah. Trotzdem, eine gute Geschichte bleibt sie — *e se non è vero, è ben trovato!*

Stephanie Meier, St. Gallen, 10. Juli 2018

© 2022 Stephanie Meier
Herstellung und Verlag: BoD – Books on
Demand, Norderstedt
ISBN: 9783756828173

I

In der frühmorgendlichen Frische Galiläas schritt Mariam langsam auf dem kleinen Pfad. Sie war eine kräftige junge Frau mit vollem braunem Haar und feurigen Augen. Jetzt gerade fühlte sie sich bereit, mit den Änderungen umzugehen, die in und mit ihr geschahen. Aber sie ahnte, dass dieses positive Gefühl nicht anhalten würde, denn sie hatte in den letzten Tagen schon einige Male erlebt, dass Gefühle wie die Wolken am Himmel wechselten.

Im Augenblick war sie froh, dass Sara und Schimon den Takt ihrer Reise angaben, denn so konnte Mariam am staubigen Weg hinterher schlendern, ihren Gedanken nachhängen und die erschütternden Geschehnisse der letzten Tage in ihrem Herzen bewegen.

War es tatsächlich erst drei Tage her, dass sie diese unbeschreibliche Ekstase erfahren hatte? Sie nannte sie für sich den Besuch des Engels, nur damit sie sie in ihrem Leben irgendwie einordnen konnte. Sie wollte gerade eine Flickarbeit wegräumen, als sie innehielt, verwirrt und erregt zugleich. Was war dieses Geräusch? Es war unmöglich zu orten oder zu verstehen — wie Flügelschlagen, wie Windesrauschen in der Kammer. Sie blieb stocksteif stehen, lauschte in die Stille, die doch überhaupt nicht still war, in die Einsamkeit, die voller Leben war. War sie noch allein? Wer war da?

Ein Kribbeln erfasste ihren ganzen Körper, angefangen von den Fusssohlen durch die Wirbelsäule hindurch bis zum Scheitel. Sie fing an zu zittern und wusste überhaupt nicht, wie ihr geschah. War sie krank? Die Geräusche schienen sich zu verdichten, wurden sichtbar, da – ein Antlitz! Unendlich sanft und liebend. Plötzlich fürchtete sie sich nicht mehr, denn sie wusste: Was auch immer mit ihr geschah, Gott, der Herr, war mit ihr! Sie spürte die Grösse des Herrn förmlich um sich herum und in ihr drin. Es war wundervoll, gnadenvoll. Auf einmal wurde Mariam ruhig und wusste: Ich werde ein Kind in mir tragen.

Dann aber kam die Furcht wieder, denn sie war mit dem Zimmermann Jossef erst verlobt, und es dauerte noch eine Weile bis zur Hochzeit. Was dachte sie sich dabei, bereits schwanger zu werden? War sie verrückt?

«Jeschua!» hörte sie, wie eine leise Flüsterstimme an ihrem Ohr. Sie sah das liebevolle Gesicht und wurde wieder ruhig. Jeschua, warum Jeschua? Fragen schienen aber fehl am Platz, denn sie spürte, dass das Kind Jeschua gross sein würde und wichtig für das Volk Israel, für das Haus Jakob, dem ihr Verlobter angehörte. Da erfasste sie sich in der grossen Geschichte allen Seins und wusste: Das Heilige, das gezeugt werden sollte, würde Sohn Gottes genannt werden.

Beim Gedanken an das noch ungezeugte Kind Jeschua floss ihr Herz vor Liebe über, und sie erfuhr eine tiefe Ekstase, die sie zu Boden warf und das Nähzeug in die Ecke fliegen liess. Wie aber sollte das gehen? Sie hatte noch nicht mit Jossef geschlafen und wollte es auch bis zur Hochzeit nicht tun. Aber sie spürte: Diese Zeugung steht unmittelbar bevor.

Mariam merkte, dass sie das nicht mit dem Verstand erfassen konnte und auch nicht musste. Es wurde ihr gegeben, loszulassen und die Sache mit der Zeugung werden zu lassen. Beim Gedanken an das Kind dachte sie auch an ihre Tante Elischewa, denn Elischewas Nachbarn Sara und Schimon waren von Bethanien nach Saras Heimatdorf Nazareth mit der grossen Nachricht von Elischewas Schwangerschaft gekommen. Elischewa, die drei Jahre jüngere Schwester von Mariams Mutter Hannah, galt schon lange als unfruchtbar. Wenn Gott Elischewa ein Kind in den Schoss legen konnte, würde Er auch für Mariams Schwangerschaft sorgen.

Mariam streckte sich aus auf dem Boden und fuhr sachte mit den Fingern über ihren Bauch. Was für eine Vorstellung: Bald würde sich da neues Leben entwickeln! Sie stand auf, versorgte die Flickarbeit und machte das Feuer bereit für das abendliche Mahl, voll Staunen über das Wunder des Lebens. Als sie sich wieder bewegte und an die Arbeit ging, merkte sie erst, dass die Geräusche von Flügelschlagen und Wind aufgehört hatten. Es war wieder still, im Raum und in ihr selbst.

2

Als Hannah nach Hause kam und ihr mit der Vorbereitung des Linsengerichts half, merkte sie ihrer Tochter nicht sofort an, dass soeben Gewaltiges mit ihr geschehen war. Sie sahen sich an und lächelten; ein heimeliges Glück machte sich im kleinen Raum breit. Sie sprachen wenig an dem Abend, wie wenn Hannah spüren würde, dass Mariam etwas verarbeiten müsste.

Hannah sprach das Gebet; sie teilten ruhig und beseelt das Mahl. Nach dem Essen umarmte sie ihre Tochter, denn sie sah besonders schön aus, und ein Glühen war in ihrem Gesicht, ein grosses Glück, das auch Hannah glücklich machte.

Als es dunkel wurde, gingen die zwei Frauen in ihre Schlafkammern, rollten ihre Matten aus und legten sich zum Schlafen hin. Aber Mariam konnte nicht schlafen. Sie hörte Hannahs regelmässiges, tiefes Atmen, lag auf dem Rücken und schaute in die Dunkelheit.

Auf einmal war die Erregung wieder da. Die Dunkelheit war nicht überall gleich dunkel. Sie verdichtete sich an manchen Stellen zu Schwingen, die über Mariam hinweg schwebten. Flügelschlagen und Windesrauschen waren wieder zu hören. Mariam spürte die gleiche Ekstase wie am Abend vorher, aber jetzt hatte sie keine Angst. Etwas Grosses ging gerade mit ihr vor, und sie musste sich die Hände vor den Mund halten, damit sie nicht herausschrie.

Lange hielt diese Ekstase an, oder waren es nur Momente? Nachher konnte es Mariam nicht mehr genau sagen.

Am nächsten Tag schämte sie sich ein wenig für das Erlebte. Was meinte sie eigentlich, wer sie war? Sie war doch nur ein einfaches Mädchen, und wenn sie jetzt schwanger wäre, würde ein grosser Makel auf ihr liegen und ihre Familie mit ihr herunterziehen.

Hannah erkannte die strahlende Tochter vom Vorabend nicht wieder, als Mariam mit mürrischem Gesicht draussen auf dem Hof das Wasser vom grossen Topf holte. Mariam musste an sich halten, damit sie nicht in Tränen ausbrach. Was würde erst ihr Verlobter Jossef dazu sagen?

Vielleicht war es gar nicht wahr; vielleicht würde sie gar nicht schwanger werden. Aber jetzt wäre das noch schlimmer als die Schande der Schwangerschaft, jetzt wo sie von Jeschua wusste und von seiner Bedeutung. War sie verrückt? War das alles nur ein Hirngespinst?

So ging es die nächsten Tage weiter, bis Mariam mit ihren ständigen Stimmungsschwankungen Hannah langsam aber sicher auf die Nerven ging. Als dann Sara und Schimon zu ihnen kamen, um sich für die Rückreise nach Bethanien zu verabschieden, kam Mariam plötzlich die Idee, mit ihnen mitzureisen und eine Zeitlang bei ihrer Tante Elischewa zu bleiben.

Was für eine Idee, so plötzlich aufzubrechen! Das musste vorbereitet werden, Wegzehrung gepackt und die Schlafmatte aufgebunden werden. Aber Mariam blieb fest bei ihrem Entschluss. Hannah sah ein, dass ihre Tochter mit ihrem sehr eigenen Kopf nicht von ihrem Plan abzubringen war, und sie waren nach den letzten gereizten Tagen schliesslich beide froh, als alles gepackt und die Zeit für die Abreise gekommen war.

«Komm, Mariam, du bist die reinste Schnecke!» rief die zierliche Sara von einer kleinen Baumgruppe her, wo sie mit Schimon vor der höher steigenden Sonne Schutz suchte.

«Ja, ich komme!» rief Mariam zurück, plötzlich aus ihren Träumen in die Gegenwart zurückgezogen. Sie rannte die ungefähr zweihundert Ellen bis zu Sara und Schimon in kräftigem Laufschritt.

«Nicht so schnell, Mariam, wir haben noch einen langen Weg vor uns!» sagte Sara. «Du machst nie halbe Sachen, entweder Schnecke oder Rennpferd!» Alle lachten. Schimon lehnte sich an ihre Packeselin Tschital, die geduldig neben ihm im Schatten wartete und den Kopf etwas resigniert hängen liess. Die Süsse der geladenen Trockenfeigen vermischte sich mit dem warm-trockenen Geruch der Jute und stieg Schimon angenehm in die Nase.

«So, gehen wir weiter!» entschied er und zog an Tschitals Lederriemen. Die kleine Gruppe setzte sich langsam wieder in Bewegung und stieg weiter den leichten Hangweg hinunter über Gestrüpp und lose Steine, die ihnen vor den Füssen wegkullerten.

***

Nach einem langen Tagesmarsch sahen sie in der Abendröte ihr Ziel vor sich: Die kleine Stadt Nain unten im Tal.

«Das wäre geschafft!» sagte Schimon. «Jetzt müssen wir nur noch eine Bleibe für die Nacht finden.» Er strich seiner Frau liebevoll über die Wange. «Du hast mutig mitgehalten. Ich weiss, der Weg ist für dich beschwerlich. Aber bald sind wir wieder zuhause.»

Gleich lag das Stadttor im goldenen Licht vor ihnen. Sie fanden eine Herberge, assen ein einfaches Mahl, und Schimon und Sara legten sich schlafen. Mariam fühlte sich überhaupt nicht müde – körperlich schon, aber ihr Geist schweifte um die vielen Erlebnisse des Tages und liess sie nicht zur Ruhe kommen. Sie lehnte sich aus dem Fenster und sah unten zwei Männer, die sich auf den Boden im Hof gesetzt und Musikinstrumente ausgepackt hatten. Das eine war eine kleine, einfache Geige mit drei Saiten, das andere eine Trommel. Die kleine Geige stimmte eine klagende Weise an; die Klänge weinten himmelwärts, und nach einem kurzen Unterbruch setzten beide Instrumente zu einer rhythmischen Vierteltonmelodie an, die immer wieder zu einem Refrain zurückkehrte. Mariam entzückte diese Musik. Sie liess ihren Körper mit dem Rhythmus hin und her wiegen und hob ihr Gesicht zum Himmel, wo der Sichelmond sie anlachte.

Lange spielten die zwei Musiker, bis Mariams Augen und Glieder schwer wurden. Sie legte sich auf ihren Strohsack und sank dankbar in einen tiefen Schlaf, von der wehmütigen Musik hinübergetragen.

Am nächsten Tag um die Mittagszeit erreichten sie die Hauptstrasse, die vom Hafen nach Skythopolis führte. Nun waren viele Menschen unterwegs: Händler, Karawanen, Legionen, Ochsenkarren mit ganzen Familien und immer wieder nomadische Hirten. Es wurde sehr laut und staubig; bald fühlten sie sich nicht mehr so frisch. Die Strasse war breit und gut unterhalten, aber einmal wurde Mariam von einer laut schwatzenden Reisegruppe beinahe in den Strassengraben gestossen. «Passt doch auf!» rief sie verärgert, aber die Gruppe war so laut und von sich selbst eingenommen, dass sie Mariam nicht einmal wahrnahm.

«Alles in Ordnung?» fragte Schimon.

«Ja, es ist nichts passiert, danke Schimon. Es ist nur ärgerlich», antwortete Mariam verdriesslich.

«Kommt, wir müssen jetzt irgendwann mal eine Pause machen», riet Sara. «Ich bin auch wieder erschöpft.»

In der Nähe murmelte ein Bächlein, das aber nach der Trockenheit nicht viel Wasser führte. Da es keinen Schatten gab, teilten die Freunde nur kurz ein karges Mahl und einen Schluck aus dem Wasserschlauch, denn sie wollten bei den vielen lärmenden Menschen keine ausgedehnte Rast einlegen. Die Freude am Wandern war ihnen gründlich vergangen.

Am späteren Nachmittag nach einer sehr eintönigen Strecke auf der Hauptstrasse sahen sie in der Ferne die grosse Stadt Skythopolis. Sie erreichten gerade das Stadttor, als ein grosser, mit Leinenballen hochbeladener Karren herausfuhr. Sie mussten ihm Platz machen und warten, da das Hinterrad beim Passieren des Tores in einem Schlagloch hängengeblieben war. Der Karrenführer fluchte laut, sprang herunter und sprach seinen Ochsen gut zu. Zusammen mit anderen Männern gab Schimon dem Karren einen Stoss, bis er endlich wieder anrollte. Mariam und Sara hatten sich währenddessen mit Tschital im Schatten der Stadtmauer angelehnt, aber sobald der Karrenführer wieder auf den Bock sprang, schlossen sie zu Schimon auf und passierten das Stadttor.

Vom Stadttor bis zum Zentrum von Skythopolis mussten sie unglaublich lange gehen; die Stadt schien nie aufzuhören. Sie wollten nur eine Bleibe für die Nacht finden, aber es wimmelte immer noch von Menschen. In den ersten Herbergen war leider kein Platz, also zogen sie geduldig weiter, bis sie in einem hohen Haus endlich fündig wurden. Es war zwar etwas teurer, als sie es gerne gehabt hätten, aber Schimon sah ein, dass seine Gruppe endlich Erfrischung verdient hatte, und war bereit, ausnahmsweise etwas mehr auszugeben. Der Wirt erklärte, wo sie das Essen bekommen würden und wo Tschital untergebracht werden konnte.

Nach einem leckeren gemeinsamen Mahl mit süssem Wein sassen alle drei zufrieden im Hof und

sagten nicht mehr viel. Man hörte Reden und Lachen aus den verschiedenen Gästezimmern. Die
Stimmen lullten sie ein, bis sie sich einen Stoss geben mussten, in ihre Zimmer zu gehen und nicht im
Hof einzuschlafen. Mariam zog Sara hoch und fiel
dabei fast selbst um. Die Frauen lachten etwas über-
stellig vor Übermüdung, bis Schimon sie zurecht-
wies. Sie wurden ernst, aber auf der Treppe zu den
Zimmern fingen sie wieder an, wie Kinder zu kichern.
Schimon rollte nur resigniert mit den Augen. Von
den Frauen konnte man heute Abend keine Ver-
nunft mehr erwarten!

5

Am nächsten Morgen überquerten sie den Fluss über eine grosse Brücke zusammen mit den Scharen, die wie sie unterwegs nach Pella auf dem anderen Jordanufer waren. Inzwischen hatten sich Mariam, Sara und Schimon an die vielen Menschen auf der Hauptstrasse gewöhnt.

Die heutige Etappe war verhältnismässig kurz, und darüber war vor allem Mariam froh, denn es war ihr ein wenig übel. So quartierten sie sich recht früh ein, und Mariam legte sich sofort hin, um sich auszuruhen. Sie schlief bald ein und träumte zum ersten Mal von Jeschua, der mit ihr sprach. Aber sie konnte sich danach leider nicht mehr erinnern, was er gesagt hatte.

Sara weckte Mariam zum Essen, aber sie wollte nichts essen, sondern lieber von ihrem Jeschua weiterträumen. Bis hierher hatte sie wegen der vielen Erlebnisse unterwegs die angekündigte Schwangerschaft beinahe vergessen; jetzt aber war sie ihr wieder ganz nah. Sie fragte sich, ob ihre Übelkeit darauf hindeutete, dass das Kind bereits in ihrem Leib wohnte und die Änderungen damit schon in Gange kamen. Noch wollte sie aber nicht mit Sara darüber sprechen. Vielleicht war es nur das schwere Essen vom Vorabend.

Am nächsten Tag aber, während sie an der linken Jordanseite weiterwanderten, musste Mariam plötzlich erbrechen. Sie hatte am Morgen nicht viel gegessen, und Sara sah sie besorgt an.

«Ach!» jammerte Mariam, während sie sich den Mund abwischte, «was ist jetzt das? Wohl das schwere Essen in Skythopolis.»

«Dann ist es dir aber gar nicht bekommen!» meinte Sara. «Mir hat's geschmeckt, und ich habe keine Beschwerden, also war es wohl nicht verdorben.»

Mariam schleppte sich weiter, und die Tagesetappe wurde ihr zur Qual, obwohl das Gelände nicht schwierig war. Als sie über die Grenze ins Land Peräa kamen, machten sie bei einer Baumgruppe einen Halt, und Schimon bot Mariam zu essen und zu trinken an.

Mariam trank gierig, wollte aber nichts essen. «Komm, du musst trotzdem etwas essen. Du wirst sehen, nachher geht's dir besser. Nimm wenigstens etwas Fladenbrot, das liegt nicht schwer auf», riet ihr Schimon besorgt.

Mariam ass, und tatsächlich war es ihr nachher wohler. Sie konnte jetzt problemlos weiter wandern bis zum Tagesziel, einem kleinen Dorf auf der Anhöhe, wo Schimon einen Bruder hatte, bei dem sie übernachten konnten. Sie waren alle froh um die familiäre Atmosphäre nach dem Trubel der grossen Städte, und Mariam war wieder heiterer gestimmt. Sie beteiligte sich am Gespräch, ass beim einfachen, aber leckeren Linseneintopf mit und blieb diesmal wieder länger auf.

Am nächsten Morgen hatten sie bereits den Fluss Jabbok erreicht, wo gemäss dem Buch Genesis Jakob mit seinem Gott gekämpft hatte. Mariam trug im Geheimen auch einen Kampf mit Gott aus, denn die Übelkeit war wieder über sie gekommen. Sie musste sich übergeben, aber sie wollte nicht, dass ihr Unwohlsein zu sehr auffiel oder dass sie deswegen gar die Reise unterbrechen mussten. Also versuchte sie, gute Miene zum bösen Spiel zu machen.

Inzwischen war sie sich ziemlich sicher, dass das Kind bereits in ihrem Schoss war. Das war schön, aber auch angstmachend. Wie sollte sie es Sara und Schimon erklären, die ihr so ans Herz gewachsen waren? Sie wusste es nicht, und so verdrängte sie es, so gut es ging, und versuchte, sich nichts anmerken zu lassen.

Die weiteren Tage bis nach Livias verliefen ähnlich. Mariam kam sich manchmal wie eine Traumwandlerin vor, von der Realität ein wenig abgesondert. Manchmal kam sie sich selbst abhanden und wurde wieder mürrisch wie damals zuhause in der ersten Nacht nach dem Erscheinen des Engels. Sara und Schimon sagten bald nichts mehr, nachdem Mariam auf jede Frage schnippisch reagierte. Jedes Mal aber, wenn Mariam zurückblieb, um vermeintlich unbemerkt zu erbrechen, schauten sie einander besorgt an. Natürlich schlich sich auch eine Vermutung in Saras Herz, aber sie sprach sie noch nicht an, denn sie spürte sehr wohl, dass Mariam nicht reden wollte.

Am Tag, als sie Livias erreichten, ging es Mariam wieder besser. Sie atmete auf, und Sara und Schimon mit ihr. Vielleicht war es doch nur eine kurze Krankheit gewesen!

6

Zwei Tage später, zur Stunde vor dem Sonnen-
untergang, sahen sie Saras Heimatstadt Bethanien in
der Höhe hinter einem Olivenhain. Sara liess eine
hohe, trillernde Ululation über das Hügelland erklin-
gen. Mariam schaute sie lächelnd an und stimmte in
den Freudenjubel mit ein, während sie frischer und
stärker die letzten Meilen ihrer langen Reise in An-
griff nahmen.

Im schwindenden Tageslicht erreichten sie das
Haus der Familie. Die Kinder sassen draussen im
warmen goldenen Abendlicht und spielten vor dem
Eingang mit Tonmurmeln, die sie eine selbstgebaute
Holzbahn herunterkullern liessen. Als die Mutter aus
dem Schatten der Olivenbäume trat und auf sie zu
kam, flogen Murmeln und Holzbahn in alle Richtun-
gen. Beide Kinder warfen sich ihrer Mutter in die
Arme.

«Ho, nicht so ungestüm!» rief Schimon und lächelte seine Kinder an, die strahlend zurück lächelten. «Wart ihr auch brav, während wir fort waren?»

«Ja!» riefen beide im Chor, aber ihr Grossvater
Jona, der gerade aus dem Haus kam, widersprach:
«Kleine Schlitzohren waren sie und haben mir das
Leben schwer gemacht!» Sein verschmitztes Lächeln
strafte aber seine Worte Lüge.

«Stimmt nicht, Saba[1]. Wir waren doch lieb», schmollte Marta und legte ihre Hand in die ihres Grossvaters Jona.

Marta war mit ihren fünf Jahren bereits ein richtiges kleines Mütterchen, machte liebend gerne den Haushalt und hielt auch ihren kleinen Bruder Elazar an der engen Leine, so dass die Aufgabe ihres Grossvaters, während den fünf Wochen von Saras und Schimons Reise zu den Kindern zu schauen, keine sehr anstrengende gewesen war.

Als die Sonne zu einem Feuerball am Horizont wurde, erinnerte sich Sara plötzlich ihrer Verantwortung als Gastgeberin und zeigte auf Mariam. «Hier ist Hannahs Tochter Mariam! Mein Schwiegervater Jona und unsere beiden Kinder Marta und Elazar.» Da die Aufmerksamkeit jetzt ganz auf sie gerichtet war, trat Mariam in die Mitte der herzlichen Familie und begrüsste alle.

«So, jetzt ab ins Haus!» sagte Schimon. «Ihr Kinder dürft Tschital in den Stall bringen. Und vergesst nicht, sie abzureiben und ihr einen Eimer Wasser zu geben, denn sie hat hart gearbeitet.» Er nahm ihr die Säcke mit den Mandeln und den trockenen Feigen vom Rücken und verstaute sie im Schopf neben dem Haus, dann gingen alle ins Haus hinein, während sich die Kinder freudig lärmend und die ge-

---

[1] Hebräisch für Opa

duldige Tschital am Lederriemen führend in Richtung Stall trollten.

Im Haus roch es gemütlich nach den Öllampen, die Sara soeben angezündet hatte. Die Familie setzte sich mit Mariam auf die Bodenkissen im Kreis. Jetzt war es an der Zeit, Neuigkeiten auszutauschen und Jona die Erlebnisse der Reise zu erzählen.

Nach einer Weile stand Sara auf und fing an, das Geschirr abzuräumen. «Willst du morgen schon zu Elischewa, Mariam?» fragte sie.

«Sicher, um sie zu begrüssen und ihr zu sagen, dass ich da bin. Aber darf ich wieder zurückkommen und nochmals drei Nächte bei euch verbringen? Elischewa ist nicht auf meinen Besuch gefasst. Übermorgen ist Schabbat, und sie braucht Zeit, um alles vorzubereiten. Natürlich werde ich ihr helfen, wo ich nur kann. Aber wenn ich noch drei Nächte hier schlafe, ist ihr bestimmt gedient, meinst du nicht auch?»

«Das sagst du ganz richtig. Das ist eine gute Idee, und selbstverständlich kannst du gerne bei uns bleiben, solange du willst. Im Gegenteil, ich glaube ich werde dich jetzt sehr vermissen!» Die Frauen umarmten sich. Sie waren sich auf der Reise recht nahegekommen, und Sara wischte sich eine Träne aus den Augen.

Mariam strich ihr zärtlich über die Wange. «Ich werde dich auch vermissen, Sara! Danke für alles.»

Auch Mariam kamen jetzt die Tränen. Sie ging in ihre Kammer und schluchzte heftig. Die tiefen Gefühle der letzten Woche brachen sich plötzlich Bahn und wollten nicht mehr verdrängt werden. Umso mehr freute sich Mariam, Elischewa zu sehen und ihr endlich alles erzählen zu können. Sara war lieb, und sie hatte sie gern, aber sie gehörte nicht zur Familie, und Mariam konnte nicht von Sara erwarten, dass sie für ihre Situation Verständnis aufbringen würde. Es fiel ihr jäh ein, dass sie genau so wenig Verständnis von ihrer Familie und ihrem Verlobten erwarten konnte. Aber sie ahnte, dass es mit Elischewa anders sein würde.

7

Mariam hatte sich in den Schlaf geweint und dann tief und lange geschlafen. Sara hatte früh hereingeschaut, sie aber nicht geweckt, da sie noch so friedlich schlummerte. Nach dem gemeinsamen Morgengebet nahm Mariam ein leichtes Frühstück zu sich. Sie war viel zu aufgeregt, um mehr zu essen, und sass ernst und in sich gekehrt am Tisch.

Bald stand sie auf, nahm das Geschenk der Datteln, die sie für Elischewa und ihren Mann Zecharijas eingepackt hatte, verabschiedete sich von Sara und machte sich auf den Weg zu Elischewas Haus, das nur gerade zwei Häuser weiter lag.

Es war ihr sehr mulmig zu Mute, als sie an die Tür klopfte. Elischewa öffnete und schaute ihre Nichte erstaunt an, die Hände in den Rücken gestemmt, um den wachsenden Bauch zu stützen.

«Elischewa!» rief Mariam «Gott hat dich gesegnet!»

Elischewa lächelte geheimnisvoll, denn das Kind in ihrem Bauch hatte so deutlich gehüpft, dass sogar Mariam es gesehen hatte!

«Mariam, meine Nichte!» rief Elischewa und nahm sie in die Arme, «komm doch herein! Was für eine Überraschung!»

Elischewa fasste Mariam an den Armen und schaute sie verwundert an. «Mariam, wie du dich verändert hast. Ich sehe, auch du bist von Gott gesegnet, und dein werdendes Kind noch viel mehr!»

Mariam machte grosse Augen und musste sich vor Erstaunen hinsetzen. «Du siehst das, Elischewa?»

«Gott hat es mir wohl eingegeben», antwortete Elischewa, die noch mehr als Mariam über ihre eigenen Worte staunte. Aber Mariams Antwort hatte ihr bestätigt, dass sie wohl damit Recht hatte.

«Wie kann es sein, dass die Mutter meines Herrn zu mir kommt?» fuhr sie fort, und wieder staunte sie über ihre eigenen Worte. «Hast du gesehen? Als du mich grüsstest, hüpfte das Kind in meinem Leib. Auch er hat es gespürt. Dein Kind wird gross sein, er wird unser aller Herr sein!»

Ganz leise hatte Mariam Flügelschlagen und Windesrauschen gehört, während Elischewa gesprochen hatte. Mariams Herz floss über. Sie stand auf. Vor Rührung und Ehrfurcht kamen ihr die Worte der Schriften aus dem ersten Buch Samuel, aus den Psalmen, aus Jesaja und vielen Büchern mehr in den Sinn, die die Verheissung für das Volk Israel verkündeten. Ihr werdendes Kind Jeschua war jetzt Teil dieser Verheissung.

Zuerst leise, dann immer lauter, sprach sie:

«Meine Seele erhebt den Herrn,
und mein Geist jubelt über Gott, meinen Retter,
denn Er hat auf die Niedrigkeit seiner Magd hingesehen.

*Siehe, von nun an werden mich seligpreisen
alle Geschlechter,
denn Grosses hat der Mächtige an mir getan,
und Heilig ist Sein Name.
Seine Barmherzigkeit gilt von Geschlecht zu
Geschlecht,
denen, die Ihn fürchten.
Gewaltiges hat Er vollbracht mit seinem Arm,
zerstreut hat Er, die hochmütig sind in ihrem
Herzen.
Mächtige hat Er vom Thron gestürzt
und Niedrige erhöht.
Hungrige hat Er gesättigt mit Gutem
und Reiche leer ausgehen lassen.
Er hat sich Israels, Seines Knechtes, angenommen,
und Seiner Barmherzigkeit gedacht,
wie Er es unseren Vätern versprochen hat,
Abraham und seinen Nachkommen in Ewigkeit.[2]»*

Elischewa stand die ganze Zeit neben ihr und
sah sie mit Verwunderung und Ehrfurcht an. Sie
spürte, dass ihre beiden Kinder an der Verheissung
beteiligt und in die Reihe der Grossen der Geschichte Israels eingereiht werden würden. Als Mariams
Stimme verklang, hörte allmählich das Flügelschlagen und Windesrauschen auf. Die beiden Frauen

---

[2] Lukas 1, 46-55

sahen einander tief in die Augen; es war ein Wunder, was mit ihnen beiden geschehen war. Es gab keine Worte mehr. Nur schweigsames Annehmen.

Vor der Tür hörten sie Schritte. Zecharijas kam ins Haus, und Elischewa rief: «Zecharijas, schau, wer zu uns auf Besuch gekommen ist − meine Nichte Mariam aus Nazareth!»

Zecharijas schaute Mariam an und verneigte sich leicht, aber er sagte nichts. Elischewa erklärte: «Seitdem ich schwanger geworden bin, hat Zecharijas seine Stimme verloren.»

Mariam schaute betroffen zu Zecharijas, aber Elischewa reichte ihm eine Wachstafel und einen Griffel, und er schrieb: «Sei gegrüsst! Bist du gekommen, um Elischewa zu helfen?»

Mariam lächelte. «Genau, das mache ich in den kommenden Wochen! Und wenn es euch recht ist, werde ich auch bei euch wohnen. Aber erst in drei Tagen. Vorher wohne ich noch bei euren Nachbarn Schimon und Sara. Elischewa, ich werde dir mit allem helfen, wo ich nur kann!»

«Klar, sollst du danach bei uns wohnen!» Elischewa war hoch erfreut. Sie wollte Mariam nicht mehr gehen lassen. Nachdem sie aber gemeinsam die verbleibenden Rüsttagsvorbereitungen für den Schabbat getroffen hatten, war Elischewa bereits müde und froh um etwas Ruhe, um das Erlebte zu verarbeiten, als Mariam wieder aufbrach und für den Schabbat zu Schimon und Sara zurückkehrte.

8

Elischewa hatte nach dem Schabbat vor Aufregung nicht geschlafen und die Nachtruhe genutzt, um über alles nachzudenken. Sie war zwar weiterhin überzeugt, dass das Kind in Mariams Bauch genau wie ihr eigenes eine göttliche Gabe war und ein grosser Mensch werden würde, aber wie war das Kind entstanden? Bei sich selbst wusste sie, dass die göttliche Gabe durch die natürliche Zeugung mit Zecharijas zustande gekommen war. Mariam aber war eine junge Verlobte und durfte nicht schon mit Jossef schlafen.

Die Folgen für Mariams Leben waren vorauszusehen und nicht erfreulich. Jetzt war sie bei Elischewa in Sicherheit, aber sobald sie wieder nach Hause zurückkehrte, würden ihre Probleme erst beginnen. Denn Elischewa ahnte, dass Mariam noch mit niemandem über die Schwangerschaft gesprochen hatte.

So kam es, dass Elischewa Mariam mit einer sorgenvollen Miene öffnete, als sie am nächsten Morgen an die Tür klopfte. Sie führte sie zum Tisch, setzte sich neben sie und schenkte ihr Wasser in einen Becher ein.

«Ich freue mich wirklich, dass du hier bist, und wir wissen beide von der Bedeutung deines Kindes. Aber ich muss dich jetzt fragen – wurde das Kind mit Jossef gezeugt?»

Mariam schwante, wie häufig ihr diese Frage gestellt werden würde. Davor hatte sie momentan zwar Respekt, aber die Geburt war noch zu weit weg, als dass wirkliche Angst aufkam.

«Nein», antwortete sie, «das Kind ist nicht von Jossef.»

Elischewa machte grosse Augen. «Von wem denn?» fragte sie entsetzt.

«Elischewa, ich habe mit keinem Mann geschlafen.»

«Wie kann das denn gehen?»

«Glaubst du an Wunder? Das hier ist ein Wunder.»

«Ja, schon. Auch meine Schwangerschaft ist ein Wunder, denn ich bin schon alt, aber ...» Elischewas Satz verklang in Ratlosigkeit. Das war zu hoch für sie.

Die Frauen verharrten einige Augenblicke in gedankenvollem Schweigen.

«Als ich merkte, dass ich schwanger werden würde», fuhr Elischewa fort, «da war diese seltsame Stimmung, und ich hörte ein leises Geräusch wie Flügelschlagen oder Windesrauschen in der Kammer, obwohl kein Fenster Luft hereinliess.»

«Genau so war es bei mir auch!» rief Mariam dazwischen. «Flügelschlagen und Windesrauschen, genauso tönte es. Gestern Abend, als ich zu dir kam, da habe ich es wieder gehört.»

«Ja, ich auch. Das ist bedeutsam. Das ist das Zeichen, es kommt von Gott. Gestern Abend war mir, wie wenn die zwei Kinder durch unsere Leiber hindurch miteinander in Verbindung treten würden, wie wenn sie sich schon kannten.»

«Elischewa, ich fürchte, wir werden das in hundert Jahren nie verstehen können. Es ist seltsam, aber im ersten Moment, nachdem ich spürte, dass ich ein Kind bekommen würde, da konnte ich ganz loslassen. Ich musste nicht über das Wie nachdenken. Dass es so ist, hat mir genügt.»

«Das ist stark, Mariam.»

«Ja, aber nachher ging es nicht mehr so gut, nachher kamen schon Zweifel. Ziemlich bald bin ich vor Verzweiflung unausstehlich geworden. Zu einem Teil bin ich zu dieser Reise aufgebrochen, weil ich meiner Mutter diese Launenhaftigkeit auf Dauer nicht antun konnte. Zu einem anderen Teil, weil ich von Sara und Schimon hörte, dass auch du schwanger bist – auch das ein Wunder – und so wollte ich zu dir kommen, um dieses Erlebnis zu teilen.» Mariam hielt kurz inne. «Ich dachte, Elischewa wird es verstehen …»

«Das tue ich auch, Mariam. Und wenn du sagst, dass du mit keinem Mann geschlafen hast – ja, dann glaube ich das auch, so merkwürdig es tönt.»

Mariam nahm ein leichteres Gesprächsthema auf. «Hast du dir schon überlegt, wie ich dir in den nächsten Monaten helfen kann?»

«Tatsächlich habe ich gestern Nacht auch darüber nachgedacht. Bald fängt die Olivenernte an. Ich hätte das sonst erledigt, aber jetzt wäre ich froh, wenn du einspringen könntest, denn Zecharijas ist mit seinen Aufgaben im Tempel voll eingespannt und kann bei der Ernte nie mithelfen.»

«Mache ich gerne, und sonst?»

«Ein Kinderbett habe ich bereits, und vieles ist schon da. Letzte Woche war die alte weise Frau hier, die im Steinhäuschen unterhalb Gethsemane wohnt, um mich zu untersuchen. Sie sagte, alles sehe bei mir gut aus, aber wegen meines Alters dürfe ich nur leichte Arbeiten verrichten, sonst gefährde ich das Kind. Ich glaube zwar, dass Gott, wenn er mir schon das Geschenk eines Kindes macht, es in meinem Leib auch schützen wird. Aber ich werde mich schon mehr oder weniger daran halten.»

«Du darfst keine Risiken eingehen, Elischewa. Gott ist mächtig, aber wir dürfen nicht alles auf ihn abschieben, wir müssen selbst für unser Handeln Verantwortung tragen, sonst kann Er uns nicht helfen, das glaube ich.»

«Ja, da hast du natürlich Recht. Ich werde mich brav verhalten … mehr oder weniger …», sagte Elischewa mit einem verschmitzten Lächeln.

«Also, was gibt es sonst noch zu tun? Esel füttern, Ziege melken …»

«Die Ziege kann ich schon selbst melken», warf Elischewa ein. «Ich habe sogar das Gefühl, dass es mir hilft.»

«Gut, und das Haus putzen und in Ordnung halten, das ist selbstverständlich. Willst du, dass ich koche? Oder willst du das selbst tun?»

«Ja, ich werde selbst kochen, wenn du für mich die Zutaten vom Markt holen könntest.»

So waren sie ganz in die hauswirtschaftliche Organisation vertieft, als Zecharijas nach Hause kam, seiner Frau einen Kuss gab und Mariam ansah. Es war Zeit für das Mittagsmahl, das Elischewa zubereitete, während Mariam den Tisch deckte. Elischewa sprach das Segensgebet, und die kleine Familie griff herzhaft zu. Nach dem Essen schrieb Zecharijas auf seiner Tafel über Neuigkeiten aus Jerusalem – man erzählte, dass die Römer für Unruhestifter vermehrt Kreuzigungen in Erwägung ziehen würden, da die Zeloten im ganzen Land an Bedeutung gewannen und für Aufruhr sorgten. Danach ging Zecharijas wieder nach Jerusalem, und die Frauen räumten den Tisch ab.

«Wir werden Zecharijas von meiner Schwangerschaft erzählen müssen», sagte Mariam bedrückt.

«Hmm, ja, das stimmt. Aber ich glaube, es ist besser, wenn du mir das überlässt. Er wird Zeit brauchen, sich an diese erstaunliche Nachricht zu gewöhnen, und ich will nicht, dass du seinen Zorn zu spüren bekommst.»

Mariam dankte Elischewa, dachte aber, dass sie sich wohl daran gewöhnen müsse, den Zorn ihrer Familie zu spüren, wenn sie von ihrer Schwangerschaft erzählte.

Als sie am Abend zu Sara und Schimon zurückkehrte, dachte sie daran, dass Zecharijas vielleicht gerade jetzt von ihrer Schwangerschaft hörte. Als Folge davon würde er sie am nächsten Tag wohl anders begrüssen. Sie spürte eine grosse Traurigkeit darüber, dass das Leben auf einmal so kompliziert geworden war, und Sehnsucht nach den alten, unbeschwerten Tagen ihrer Jugend. Umso mehr genoss sie einen weiteren Abend mit Sara, Schimon und ihrer Familie, an dem sie über die Streiche der Kinder lachen und sich am neusten Bethanien-Klatsch beteiligen konnte. Erst als sie im Bett lag, kam ihr in den Sinn, dass sich die Beziehung zu dieser Familie auch verändern würde, sobald sie von Mariams Schwangerschaft erfuhr, und das recht bald.

Inwischen hatte Elischewa tatsächlich mit Zecharijas gesprochen. Erwartungsgemäss war er sehr wütend geworden. Er schrieb sogar auf seiner Tafel das Wort «Hure» und auch, dass seine Frau eine leichtgläubige Naive sei, die auf jede dahergelaufene Lügnerin hereinfalle. Aber Elischewa hatte eine starke Persönlichkeit und liess sich nicht so schnell von ihrem Mann einschüchtern. Sie verteidigte Mariam und ihre eigene Entscheidung, sie für die nächsten Monate bei sich aufzunehmen.

«Auch wenn das wahr wäre, was du geschrieben hast: Sie ist eine kräftige junge Frau, und ich kann die Hilfe gut gebrauchen. Aber ich spüre Mariams Aufrichtigkeit, und ich glaube an Wunder, seitdem Gott in meinem hohen Alter die Schande meiner Kinderlosigkeit von mir genommen hat.»

Zecharijas schrieb weiter: «Aber das mit Mariam ist doch völlig gegen die Gesetze der Natur! Wie kann eine Frau schwanger werden, ohne mit einem Mann geschlafen zu haben? Das gibt es doch nicht! Das hat es noch nie gegeben. Sie ist eine Lügnerin und will sich nur bei dir einschleichen, siehst du das denn nicht? Ich will sie nicht mehr in meinem Haus sehen!»

«Gegen die Gesetze der Natur, ja. Aber Zecharijas, du bist doch ein Mann Gottes, ein Priester in seinem Tempel. Du liest auch die Stellen aus der Thora, wo Gott das Wasser des Roten Meeres teilte, um das Volk Israel trockenen Fusses hindurchgehen zu lassen und zu retten! Wieso glaubst du denn nicht, dass Er es fertigbringen kann, ein Kind im Leib einer Frau wachsen zu lassen? Ein Wunder ist doch meistens etwas, das es noch nie gegeben hat, sonst wäre es kein Wunder!»

Zecharijas schüttelte nur skeptisch den Kopf und schrieb: «Das war damals bei den Vätern. Wir aber leben heute, und ich sehe nicht ein, dass sich unser grosser Gott, geheiligt sei Sein Name, mit einer bedeutungslosen Frau wie deiner Nichte Mariam befassen sollte.»

«Ich glaube, nicht sie ist bedeutungsvoll, sondern das Kind in ihrem Bauch. Das Kind wird gross sein und ein Licht zur Verherrlichung unseres Volkes – das glaube ich!» schloss Elischewa bestimmt und feierlich. Sie sah es ihrem Mann an, dass diese Worte mehr Eindruck auf ihn gemacht hatten als alles andere. Jetzt wollte sie das Gesagte in ihm wirken lassen. Wie sie Mariam vorausgesagt hatte, brauchte er jetzt Zeit. Aber Elischewa war überzeugt, dass er früher oder später einsehen würde, dass Mariam bleiben müsse.

Am nächsten Tag, als Mariam zu Elischewa kam, stand sie zaghaft vor der Tür, unsicher, wie Zecharijas jetzt zu ihr stand. Elischewa kam gerade vom Stall hinter dem Haus und rief ihr zu: «Mariam! Sei gegrüsst, Liebes! Komm nur herein!»

Mariam fühlte sich von diesem herzlichen Gruss schon erleichtert. Sie ging mit Elischewa ins Haus und legte das Gemüse und das Mehl, welches sie zuvor auf dem Markt geholt hatte, auf den Tisch.

«Mir ist so bange!» gestand Mariam. «Ich getraue mich kaum zu fragen, wie Zecharijas gestern Abend die Nachricht von meiner Schwangerschaft aufgenommen hat.»

Elischewa legte den Arm tröstend um ihre schmalen Schultern und drückte sie an sich. «Mariam, es ging genauso, wie man sich es vorstellen konnte. Ich will es nicht beschönigen, du hast absolut Grund zur Sorge, und an seiner Reaktion kann ich mir vorstellen, wie es für dich in nächster Zeit bei vielen Bekannten sein wird. Er hat schon lange nicht mehr so viel auf seiner Tafel geschrieben. Aber wie ich gestern auch gesagt habe, müssen wir ihm jetzt Zeit geben, uns in Geduld üben und darauf vertrauen, dass er einsichtig wird. Gott ist mit dir und mit mir, und Er wird uns helfen; davon bin ich überzeugt.»

«Manchmal sind die Männer so stur!» brach es aus Mariam hervor.

«Nun, die Botschaft ist schliesslich nicht einfach zu akzeptieren. Du kannst von den Menschen nicht erwarten, dass sie sie so ohne weiteres annehmen, denn eine Schwangerschaft ohne Mitwirkung eines Mannes ist etwas noch nie Dagewesenes, wie Zecharijas gestern betonte. Er hat dir sogar vorerst den Zutritt zu diesem Haus verboten. Aber er ist ein Mann Gottes, und das sollte ihm helfen, daran zu glauben, dass Gott Wunder wirken kann. Das sollte für ihn nichts Neues sein!»

«Dann will ich versuchen, geduldig zu warten, bis er mir wieder freundlicher gesinnt ist. Kommst du zu mir und gibst mir bitte Bescheid, sobald er so weit ist?»

«Ich denke, das ist im Moment das Beste. Verlier nicht den Mut, Mariam, das wird schon! Ich rechne mit nicht länger als einem bis zwei Tagen, denn ich kenne meinen Mann.» Elischewa lächelte und strich Mariam eine Strähne aus dem Gesicht. «Gott hat wirklich Grosses mit unseren Kindern vor. Er wird uns nicht im Stich lassen! Ausserdem lasse auch ich nicht nach und werde Zecharijas weiterhin zu überzeugen versuchen. Sobald er bereit ist, dich wieder bei uns willkommen zu heissen, werde ich zu Sara hinüberkommen und dich abholen. In Ordnung?»

Die Frauen umarmten sich innig, Mariam verliess schweren Herzens Elischewas Haus und ging zurück zu Sara und Schimon. Sie erzählte ihnen, dass

Elischewa noch etwas Zeit brauche, bis sie zu ihr ziehen könne. Alle waren froh, für ein paar weitere Tage Mariam bei sich zu haben. Es war Mariam aber mulmig zumute, weil die Familie die Wahrheit noch nicht kannte, denn es lag nicht in Mariams Charakter, Menschen zu hintergehen, vor allem solche Freunde wie Sara und Schimon.

Schliesslich ging es zwei Tage, bis Elischewa Mariam abholen kam. Mariam sah an Elischewas strahlendem Gesicht, dass nun alles gut war. Sie packte ihre wenigen Sachen zusammen, verabschiedete sich mit Worten des Dankes von Sara, Schimon und der Familie und zog frohen Herzens zu Elischewa.

Unterwegs erzählte Elischewa: «Es braucht bei Zecharijas jeweils Zeit, Mariam, aber dann ist er Feuer und Flamme! So war es schon immer bei ihm.»

«Ich bin so froh – und trotzdem habe ich Hemmungen, ihm jetzt wieder zu begegnen.»

«Ja, das kann ich verstehen, aber du wirst sehen: Jetzt ist alles gut!»

«Wie hast du ihn bloss überzeugt, Elischewa? Vielleicht kann ich von dir lernen, wie ich es meiner Familie und meinen Freunden beibringen kann.»

«Es wird zwar wohl in jedem Fall ein bisschen anders sein, denn die Menschen sind verschieden, und für jeden wirst du wohl eigene Worte finden müssen. Aber ich glaube, bei Zecharijas zählte am meisten, dass ich von der grossen Bedeutung deines Kindes für das Volk Israel sprach. Er ist Priester, natürlich ist er grundsätzlich offen dafür, dass Gott Grosses mit den Menschen bewirken kann. Das wird vielleicht nicht bei allen Freunden der Fall sein. Aber bei deiner Mutter Hannah bin ich genauso zuversichtlich.»

«Und bei Jossef?» fragte Mariam besorgt.

Elischewa schwieg betroffen, denn die Botschaft Mariams Verlobtem zu übergeben, dürfte zu den schwierigsten Aufgaben gehören, die es überhaupt geben konnte! Elischewa wollte nicht in Mariams Schuhe stecken, aber das sagte sie ihr nicht. Musste sie auch nicht; ihre bestürzte Miene sagte es deutlich genug.

«Ach, es ist so schwierig. Wie werde ich bloss mit der Auswirkung auf die Menschen in Nazareth fertig? Ich bin sehr, sehr froh, dass es noch etwas dauert, bis ich mich dem aussetzen muss.»

«Genau, auch du brauchst noch Zeit, bis du so weit bist. Hier kannst du unter freundlich gesinnten Menschen deine Kräfte sammeln. Das wird schon!» sagte Elischewa.

Die Frauen machten sich an die Hausarbeiten, und das gemeinsame Schaffen erleichterte beiden wieder das Herz. Bis Zecharijas für das Mittagsmahl nach Hause kam, war eine Heiterkeit im Haus, die das Wiedersehen leichter machte. Zecharijas begrüsste Mariam genauso freundlich wie vorher, und Mariam spürte eine unendliche Erleichterung, dass sie bei ihren Verwandten mit ihrer Schwangerschaft akzeptiert wurde. Wenn es hier in Bethanien ging, konnte sie vielleicht Hoffnung schöpfen, dass es ihr auch zuhause gelingen würde. Und bis dahin dauerte es noch lange!

13

Nach dem Abräumen des Mittagsmahles putzte Mariam den kleinen Hof. Sie hatte körperliche Arbeit noch nie gescheut, und jetzt tat sie ihr in der Seele gut. Nach der Reise war sie gesund und stark, an viel Bewegung gewohnt und fast unermüdlich. Während sie arbeitete, sang sie leise vor sich hin. Manchmal dachte sie, dass sie einen Widerklang in sich spürte, wie wenn ihr Gesang dem wachsenden Kind gefalle.

Bald begann die Zeit der Olivenernte. Mariam freute sich darauf. Elischewa hatte erzählt, dass manche ihrer Bäume mehr als hundert Jahre alt seien. Mariam hatte sich schon immer zu diesen Bäumen mit den filigranen, silbergrünen Blättern hingezogen gefühlt. Zuerst wollten sie genügend Öl fürs Essen, für die Lampen im Haushalt und für den Tempel bereitstellen. Falls danach noch etwas übrigbliebe, hatten sie vereinbart, dass Mariam diesen Rest auf dem Markt verkaufen würde. Dass sie damit Elischewa einen Dienst tat, bereitete Mariam doppelte Freude.

Als der Hof sauber geputzt war, kam Mariam zu Elischewa ins Haus. Die beiden Frauen tranken zusammen vom süssen Wein aus dem grossen Tonkrug. Im Haus war es schön kühl nach der Hitze draussen, und Mariam war von der Arbeit durstig geworden. Es war gemütlich, zusammenzusitzen und ein wenig zu plaudern.

«Elischewa, weisst du schon, wie dein Kind heissen wird?» fragte Mariam.

«Jawohl: Jochanan», antwortete Elischewa ohne Zögern.

«Jochanan? Woher kommt dieser Name? So heisst noch niemand in der Familie!»

«Da hast du recht, Mariam. Das habe ich auch noch gar nicht mit Zecharijas besprochen. Aber als ich von meiner Schwangerschaft erfuhr, war es, wie wenn mir eine Stimme diesen Namen einflüstern würde. Ich kann es nicht anders erklären – weisst du? Damals, als dieses Flügelschlagen und Windesrauschen da war …»

«Oh ja, ich verstehe!»

«Und dein Kind, Mariam? Weisst du schon einen Namen?»

«Jawohl, er wird Jeschua heissen.» Auch Mariam antwortete ohne Zögern.

«Und – woher kommt dieser Name?»

Mariam grinste. «Du ahnst es schon, oder? Flügelschlagen, Windesrauschen …»

Elischewa lachte. «Auch dir wurde der Name eingeflüstert?»

«So ist es. Das Kind heisst Jeschua. Punkt.»

Sie schwiegen behaglich, eine jede mit Vorstellungen ihres Kindes beschäftigt. Mit dem Nennen der Namen waren die zwei Kinder näher, realer geworden.

«Siehst du auch schon manchmal in deinem Geist dein Kind im Haus herumspringen und spielen?» fragte Elischewa.

«Nein, noch nicht. Aber bei dir ist das Kind schon drei Monate länger im Leib. Zudem ist's dein Haus, und dein Kind wird tatsächlich hier herumspringen. Bei mir wird das wohl erst anfangen, wenn ich wieder zuhause bin. Aber ich finde es schön, dass du es dir so real vorstellen kannst!»

Plötzlich hüpfte das Kind wieder so fest in Elischewas Leib, dass beide Frauen es sehen konnten. Sie strahlten, und Mariam legte ihre Hand kurz auf Elischewas Bauch. Jetzt aber wurde das Kind wieder still. «Dein Kind hüpft dann, wenn es will, und nicht, weil ich es spüren möchte», sagte Mariam.

«Es ist ein erstaunliches Gefühl, wenn sich das Kind zum ersten Mal bewegt. Aber so fest hatte es noch nie gehüpft als damals, da du mich zum ersten Mal gegrüsst hast. Die Kinder hören uns, sie spüren alles. Durch uns nehmen sie bereits teil an unserer Welt. Sing bitte nochmals das Lied von vorhin draussen im Hof, Mariam! Mir tut das gut, und den Kindern bestimmt auch!»

Mariam legte eine Hand auf Elischewas Bauch und die andere Hand auf ihren eigenen Bauch, und sie begann zu singen:

«Herr, Du hast mich erforscht, und Du kennst mich.

Ob ich sitze oder stehe, Du weisst es,

Du verstehst meine Gedanken von fern.
Ob ich gehe oder liege, Du hast es bemessen,
und mit allen meinen Wegen bist Du vertraut.
Kein Wort ist auf meiner Zunge,
das Du, Herr, nicht ganz und gar kennst.
Hinten und vorne hältst Du mich umschlossen,
und Deine Hand hast Du auf mich gelegt.
Zu wunderbar ist es für mich, dies zu erkennen,
zu hoch, ich kann es nicht fassen.
Wohin soll ich gehen vor Deinem Geist
und wohin fliehen vor Deinem Angesicht?
Stiege ich hinauf zum Himmel, Du bist dort,
und schlüge ich mein Lager auf im Totenreich,
sieh, Du bist da.
Nähme ich die Flügel der Morgenröte
und liesse mich nieder am äussersten Ende des
Meeres,
auch dort würde Deine Hand mich leiten
und Deine Rechte mich fassen.
Und spräche ich: Finsternis, brich über mich
herein,
und Nacht sei das Licht um mich her,
so wäre auch die Finsternis nicht finster für
Dich,
und die Nacht wäre licht wie der Tag,
Finsternis wie das Licht.
Denn Du bist es, der meine Nieren geschaffen,
der mich im Leib meiner Mutter gewoben hat.

Ich preise Dich, dass ich so herrlich, so wunder-
bar geschaffen bin;
Wunderbar sind Deine Werke,
meine Seele weiss dies wohl.
Mein Gebein war Dir nicht verborgen,
als ich im Dunkeln gemacht wurde,
kunstvoll gewirkt in den Tiefen der Erde.
Noch bevor ich geboren war, sahen mich Deine
Augen,
in Deinem Buch war alles verzeichnet,
die Tage waren schon geformt,
als noch keiner von ihnen da war.
Erforsche mich, Gott, und erkenne mein Herz,
prüfe mich und erkenne meine Gedanken.
Sieh, ob ein gottloser Weg mich verführt,
und leite mich auf ewigem Weg.[3]»

Die wiegende Melodie endete, Mariams Stimme
verebbte, und ein leises Flügelschlagen und Windesrauschen verklang mit ihr.

Die zwei Frauen sassen still im Dunkeln. Die
Zeit schien stehenzubleiben, und sie verstanden sich
vollkommen ohne Worte. Ihre Kinder waren für Gott
bereits sichtbar, Er wusste schon alles über sie. Er
würde sie auf ihrem Weg in der Welt geleiten und
Seinen Willen für die Welt durch sie geschehen lassen. Wirklich: Es war zu gross, als dass die zwei
Frauen das Geheimnis in der Tiefe verstehen konn-

---

[3] Psalm 139

ten. Es genügte aber, dass sie es zusammen erleben durften. Alles andere war in Gottes Hand.

Elischewa stand auf und zündete eine Öllampe an. Mariam machte sich bereit für ihre erste Nacht in Elischewas Haus. Es fühlte sich schon selbstverständlich an, wie wenn sie schon lange hier wohnen würde. Spät kam auch Zecharijas nach Hause, aber da schliefen schon beide Frauen tief und fest.

14

Einen Monat später fing die Olivenernte an. Elischewa hatte Mariam während zwei Tagen genaue Anweisungen gegeben, wie sie die Bäume zu ernten
hatte, aber Mariam war trotzdem froh, als Schimon
plötzlich bei ihnen auftauchte und seine Hilfe aner-
bot. Mariam holte Körbe, Hakenstangen und Jute-
planen aus dem Stall und brachte sie zu den Bäumen. Die Planen legten sie unter den Bäumen aus,
und die Körbe stellten sie an den Rand. Zuerst wurde
mit den Hakenstangen an den Zweigen gerüttelt,
dann wurden die heruntergefallenen Oliven zusam-
mengerecht und in die Körbe gelegt. Zwei volle Körbe wurden zur Benutzung in der Küche und im Tempel auf die Seite gestellt; die restlichen Oliven würden in der Mühle des Nachbarn zu Olivenöl für den
Markt gepresst werden. Danach stiegen Schimon
und Mariam auf Holzleitern und gaben den Bäumen
einen Rückschnitt, dabei die verbleibenden Oliven in
den Körben sammelnd. Die Arbeit war streng, aber
sie machte Mariam Freude, und sie lernte sehr
schnell, wie die Handgriffe am besten auszuführen
waren.

Am späten Nachmittag beendeten sie den ersten Erntetag, da sie gerade einen Baum fertig abge-
erntet und geschnitten hatten. Inzwischen hatte
Elischewa ein leckeres Mahl vorbereitet. Schimon
ass und trank etwas mit, da er einen Bärenhunger
hatte. Obwohl er zuhause bei Sara nochmals essen

würde, reichte sein Hunger problemlos für zwei Mahlzeiten.

Als er gegangen und Zecharijas noch nicht nach Hause gekommen war, genossen die zwei Frauen die Ruhe und nutzten die Zeit für ein kurzes Gespräch.

«Weisst du, was ich mich schon mehrfach gefragt habe, Elischewa? Warum hat Gott gerade uns ausgesucht? Warum sind diese besonderen Kinder uns in den Schoss gelegt worden, und nicht einer bedeutenderen Frau? Wir sind einfache Leute. Was zeichnet uns aus, dass uns Gott eine solche Gnade geschehen lässt?»

«Gottes Wege sind schon immer verschlungen gewesen. Schau mal in die Geschichte unseres Volkes. König David war vorher ein einfacher Hirtenjunge. Joseph war das Nesthäkchen einer Nomadenfamilie und wurde Wesir des Pharaos. Es gibt unzählige Beispiele in unserer Geschichte. Gott scheint eine Vorliebe für einfache Menschen zu haben. Vielleicht, weil sie nicht selbstbezogen sind? Obwohl ich bei Joseph nicht so sicher bin; er war trotz seiner einfachen Herkunft bereits als Knabe schon ziemlich eitel!

Vielleicht ist es aber auch deshalb, weil wir aus dem Stamm Aharon sind. Deine Mutter und ich, wir sind direkte Abkommen, das lässt sich zurückverfolgen. Somit bist auch du eine Tochter des Stammes Aharon, und du weisst ja selbst, wie unsere Familien immer erzogen wurden, Gottes Gebote zu befolgen und einen speziellen Bezug zur Thora und zu den Schriften zu entwickeln. Bei dir ist dieser Hang stark ausgeprägt. Schau mal, wie häufig du Stellen aus der Schrift gesprochen und gesungen hast, seitdem du bei mir bist. Das hat bestimmt einen grossen Einfluss auf das wachsende Leben in dir. Das sieht Gott, das nützt Er für seinen Plan, glaubst du nicht auch?»

«So habe ich das noch nicht gesehen», antwortete Mariam nachdenklich. Diese Worte Elischewas prägten sich tief ein, sie würde sie in den nächsten Tagen in ihrem Herzen bewegen. Als sie aufstand, um das Geschirr wegzuräumen, stand sie ein wenig gerader als vorhin; aufrechten Ganges ging sie ihrer Arbeit nach, und irgendwie ausgeglichener legte sie sich schlafen.

15

In den nächsten Tagen brachte Schimon einen jungen Bekannten aus der Nachbarschaft namens Mordechai mit, der bei sich zuhause die Olivenernte organisieren musste, da sein Vater kürzlich verstorben war. Der Einsatz bei Elischewa sollte ihm Einblick in den Ablauf und die Schritte der Ernte geben. Mariam und Schimon brachten ihm alles bei. Er lernte schnell, so dass er bald eine echte Hilfe war und die Ernte schneller voranschritt, als sich Mariam hätte vorstellen können.

Das Haus wurde fröhlich und belebt, und Elischewa freute sich über den zusätzlichen Gast am Tisch. Während des Mittagessens am vierten Tag erzählte der junge Mordechai, dass seine Mutter aus Nazareth stamme, wo sie auch schon einen Olivenhain besessen hatte. Da der Vater nun gestorben war, wollte seine Mutter Rivka zurück nach Nazareth.

«Willst du deine Mutter begleiten, Mordechai? Oder willst du hier in Bethanien bleiben?»

«Ja, ich will mit Mutter mitgehen. Sie braucht mich noch. Später kann ich dann immer noch weg, falls ich das jemals möchte, aber im Moment ist es für mich gut, nach Nazareth zu ziehen.»

«Wann wollt ihr aufbrechen?» fragte Elischewa.

«Bald nach der Olivenernte. Wir fangen dort mit der Ernte an, eine Woche nachdem ich hier fertig bin.»

***

Zwei Tage nach dem Schabbat, als Mariam, Schimon und Mordechai von der Ernte nach Hause kamen, sah Elischewa bleich aus und sass verkrampft in einer Ecke, an der Wand angelehnt. Mariam schickte die Männer schnell nach Hause und setzte sich zu ihr.

«Elischewa, um Himmels Willen! Was ist los?»

«Ich weiss nicht, Mariam – heute musste ich immer wieder Wasser lassen, und ich bekam solche Kopfschmerzen, dass ich mich hinlegen musste. Schau meine Hände an, die sind angeschwollen. Ich muss zugeben: Ich habe Angst und bin so froh, dass du da bist.»

«Liebste Tante, ich warte bei dir, bis Zecharijas nach Hause kommt, dann gehe ich gleich hinüber zur weisen Frau und hole sie. Sie soll uns beraten; wir wollen nichts Falsches machen. Leg dich wieder hin und bleib bitte ruhig, bis wir zurückkommen.» Elischewa legte sich in ihrer Kammer hin. Bald kam Zecharijas nach Hause, und Mariam erzählte ihm, was passiert war. Dann ging sie wieder hinein zu Elischewa in die Kammer.

«Du bist ein Schatz!» rief Elischewa und fasste nach Mariams Hand. Mariam drückte sie kurz, dann stand sie entschlossen auf und eilte davon. Während des ganzen Weges dachte sie: «Hoffentlich ist die weise Frau zuhause!». Bald sah sie das Steinhäuschen unten beim Olivenhain, wo Rauch aus dem Dach aufstieg. Mariam dankte Gott dafür.

Als sie anklopfte und eintrat, stand die Alte am Herd und rührte in einer Suppe. «Friede sei mit euch!» rief Mariam ungeduldig und verneigte kurz den Kopf. «Ich komme von Elischewa in Bethanien, sie ist im siebten Monat ihrer Schwangerschaft, und ihr geht es nicht gut!»

«Setz dich, Kind!» sagte die Alte freundlich «Wie heisst du?»

«Ich heisse Mariam, ich komme aus Nazareth. Ich bin die Nichte von Elischewa, wohne jetzt bei ihr und war gerade von der Olivenernte gekommen, als ich Elischewa leidend vorfand. Verehrte weise Frau, wir haben Angst!»

«Erzähl mir bitte die Symptome, Mariam.»

Mariam erzählte, was sie wusste, aber sie wollte, sie hätte Elischewa nach Einzelheiten gefragt, denn sie merkte: Es war wenig, was sie erzählen konnte. Auch vergass sie, von Elischewas Blasenschwäche zu erzählen, denn sie war zu aufgeregt zum Denken.

«Mariam, das reicht mir schon. Ich glaube, ich weiss, was ihr fehlt. Das kann es bei älteren Frauen geben, die zum ersten Mal schwanger sind. Das Problem können wir lösen, sofern Elischewa genau das macht, was ich ihr anraten werde. Ich werde schnell ein Heilmittel einpacken, dann komme ich gleich mit dir mit.»

Mariam atmete erleichtert auf. Sie merkte erst jetzt, wie flach sie geatmet hatte. Es tat gut, zu wissen, dass jemand da war, die helfen würde. Elischewa und Mariam mussten das nicht allein tragen. Die Alte schenkte Mariam einen Becher Wasser ein, den sie gierig austrank, dann ging die Alte in eine Nebenkammer, wühlte auf einem Regal nach dem richtigen Mittel, tat es in einen Beutel und trat wieder zu Mariam in die Küche.

«So, Kind, machen wir uns auf den Weg!»

16

Die zwei Frauen gingen eiligen Schrittes denselben Weg zurück nach Bethanien, Mariam immer ein wenig voraus. Sie fragte sich, was die Alte in den Beutel getan hatte, und die Alte anwortete ihr, wie wenn sie die Frage laut gestellt hätte: «Das da im Beutel ist ein Mittelchen, das den Druck des Blutes im Körper in Ordnung bringt. Das wird Elischewa guttun!» Mariam staunte über die Antwort auf eine nicht gestellte Frage. Die Alte lachte und sagte: «Mariam, du hast den Beutel immer angeschaut!» Gut, dachte Mariam, aber auch diese Frage hatte sie nicht laut gestellt! Es war etwas unheimlich, beeindruckte Mariam aber zutiefst. Sie merkte, wie sie Vertrauen zur Alten schöpfte.

Endlich waren sie bei Elischewa angekommen. Es ging ihr merklich schlechter; Zecharijas sass neben ihr und stöhnte laut vor Sorge. Er war nervös, was Elischewa bestimmt nicht half! Die Alte verscheuchte ihn, setzte sich neben Elischewa, nahm ihre Hand und intonierte einige Male eine Heilformel. Danach entspannte sich Elischewa ein wenig. Mariam stand hinter ihr und sah fasziniert zu, wie die Alte Elischewa über den Bauch strich, immer in den gleichen Mustern. Sie sang dazu ein Lied über die Mutterschaft und das Kind in ihrem Bauch. Nach jedem Vers kam ein Refrain, und bald konnte Mariam beim Refrain mitsingen, was Elischewa ein schwaches Lächeln entlockte.

Sobald sich Elischewa wirklich entspannt hatte, fragte die Alte nach weiteren Symptomen. Inzwischen hatte Elischewa Schmerzen im Unterleib bekommen. Sie erzählte auch, dass ihr Augenlicht auf einmal verschwommen war.

«Das sind alles typische und bekannte Zeichen», sagte die Alte. «Wenn Frauen in deinem Alter schwanger werden, antworten ihre Körper manchmal mit einer Überempfindlichkeit auf das werdende Kind. Du musst folgendes machen: Du musst viel mehr ruhen, viel liegen und genug schlafen. Ruhen – liegen — schlafen», intonierte sie, wie um den Rat besser einzuprägen, was auch tatsächlich gelang.

«Dann musst du Nüsse essen. Mandeln, oder auch die Kerne von Sonnenblumen sind gut. Nüsse essen – Nüsse essen», intonierte sie.

«Du musst auch viel, viel trinken! Das ist wichtig, denn deine Symptome haben mit Wasser zu tun, der Harndrang, die Hände, die das Wasser zurückhalten. Wasser, viel Wasser trinken!

Dann musst du schauen, dass du in deiner Nahrung genug Salz zu dir nimmst. Salz des Lebens – Salz des Lebens.

Dieses Heilmittel hier musst du dreimal täglich einnehmen, am Morgen, am Mittag und am Abend mit etwas Wasser. Heilmittel am Morgen – Heilmittel am Mittag – Heilmittel am Abend.» Danach war die Alte still und massierte Elischewa wieder den Bauch.

«Und jetzt wiederholt mit mir:
Ruhen – liegen – schlafen.
Nüsse essen.
Wasser, viel Wasser trinken.
Salz des Lebens.
Heilmittel am Morgen – Heilmittel am Mittag –
Heilmittel am Abend.»

Alle sprachen das Heilmantra mit der Alten mit. So prägte es sich ein. Sie spürten, wie ihnen geholfen worden war und dass sie gestärkt und sicherer wurden.

«Elischewa, ich werde von nun an jede Woche zu dir kommen und schauen, wie es dir geht», sagte die Alte mit weicher Stimme. «Wenn du alles so machst, wie ich es dir erklärt habe, brauchst du keine Angst zu haben. Habt ihr noch Fragen?»

«Für was ist das Heilmittel?» fragte Elischewa.

«Das ist für den Druck des Blutes in deinen Adern, damit er nicht zu sehr steigt», antwortete die Alte. «Das wird dir sofort sehr helfen. Nimm jetzt gleich davon.» Sie tat ein wenig Pulver in einen Becher und goss etwas Wasser dazu. Elischewa trank und verzog das Gesicht. «Lecker ist es nicht, das stimmt. Aber es tut dir gut – es tut dir gut!» sagte die Alte.

Sie stimmte wieder das Lied von Mutter und Kind an, und Mariam sang den Refrain mit. Eine Ruhe hatte sich in der Kammer breit gemacht. Die Alte merkte, dass die Frauen jetzt zuversichtlich waren;

sie verabschiedete sich und kehrte zurück zu ihrem Häuschen.

Mariam ging zu Zecharijas in die Küche, stellte ihm einen Becher Wasser hin und sagte: «Ich glaube, wir brauchen uns jetzt keine Sorgen mehr zu machen. Elischewa ist in guten Händen.» Sie setzte sich ihm gegenüber an den Tisch und sah, dass er Tränen in den Augen hatte.

«Mariam, wie froh bin ich doch, dass du da bist!» schrieb er aufgeregt auf seine Tafel. «Es wäre grauenvoll, meine Elischewa jetzt zu verlieren, wo wir endlich ein Kind erwarten!»

«Hab Vertrauen, Onkel Zecharijas. Gott ist mit euch. Er hat euch in Seiner grossen Gnade und Liebe das Kind geschenkt; Er wird's euch nicht wieder nehmen. Das spüre ich sehr klar.» Sie legte ihm die Hand auf den Arm, dann stand sie auf und ging ihrer Arbeit nach. Sie hörte, wie er schwer und stossweise einatmete und den Atem mit einem Seufzer herausfliessen liess.

17

Elischewa war eine brave Patientin, denn sie hatte verstanden, wieviel auf dem Spiel stand, und wollte nichts riskieren. Mariam übernahm jetzt auch das Kochen, und da sie eine gute Köchin war, hatte niemand etwas dagegen. Die letzten drei Tage der Olivenernte waren für sie sehr streng, aber sie war eine starke Frau und bewältigte alles ohne Probleme. Inzwischen hatte auch der Nachbar mit der Ölmühle die Oliven gepresst und das Öl in grossen Krügen angeliefert.

«Ab morgen muss ich am Markt das Öl feilbieten», sagte Mariam. «Ihr müsst mir auch dafür genaue Anweisungen geben! Ich habe keine Ahnung, ob und wem ich Rabatte gewähren soll, und wieviel ich verlangen muss.»

Elischewa und Schimon klärten Mariam gemeinsam über den Verkauf auf. Am nächsten Morgen machte sie sich auf den Weg mit dem Öl in den zwei grossen Tonkrügen und mit kleinen Krügen und Stöpseln zum Abfüllen. Die grossen Krüge band sie auf beiden Seiten des Esels fest, und die kleinen Henkelkrüge schnürte sie auf einem Strang um ihren Körper. Elischewas grosse Lederbörse nahm sie auch mit. Sara hatte sich bereit erklärt, für Elischewa und Zecharijas zu kochen. So konnte Mariam ohne Sorge einen Tag lang wegbleiben.

Es war ein langer, schwerer Tag; sie musste immer sehr wach bleiben, sich bei frechen Kunden und Kundinnen behaupten und sicherstellen, dass sie nicht übers Ohr gehauen wurde. Auf dem Markt war der Lärmpegel hoch, da alle ihre Waren anpriesen. Auch Mariam pries ihr Öl mit einem Marktgesang lautstark an. Sie hatte eine kräftige Stimme und wurde gut wahrgenommen. Die Qualität von Elischewas Oliven war bekannt, so dass sie noch vor dem Abend das ganze Öl an den Mann gebracht und mit voller Börse und leeren Krügen den Esel nach Hause treiben konnte.

Als sie in die Küche trat, freute sie sich zu sehen, dass Elischewa nun rosige Wangen hatte. Sie sah besser aus. Offensichtlich gefiel ihr der Betrieb im Haus; es waren nämlich auch Schimon, Sara, Jona und die Kinder mitgekommen, und sie redeten alle lautstark durcheinander!

«Schau, Mariam – so wird es bald bei uns immer zu und her gehen!» rief Elischewa freudig. «Und du musst unbedingt hören, was dir Sara zu erzählen hat!»

Mariam drehte sich neugierig zu Sara um. «Ja, Sara, was ist?»

«Oh Mariam, ich bin auch in Erwartung – ich bekomme mein drittes Kind, stell dir vor!»

«Sara, das ist wunderbar!» rief Mariam und umarmte die Nachbarin fest und ungestüm. Bei sich dachte sie: Wenn ich ihr nur erzählen könnte, dass es auch mir so geht! Bald würden es aber alle merken, denn ihr Gewand fing allmählich an, um den

Bauch zu zwicken. Mariam wusste nur nicht so recht, wie sie es Sara erzählen sollte, ohne ihre Freundschaft zu verlieren.

Nach dem Mahl räumten Sara und Mariam auf. Während sie allein in der Speisekammer waren, nahm Mariam ihren ganzen Mut zusammen und sagte: «Sara, es gibt etwas, was ich gerne mit dir besprechen möchte, aber ich brauche dazu Zeit, und wir sollten dabei nicht gestört werden.»

Sara machte grosse Augen. «Du machst mich aber neugierig!» sagte sie.

«Bitte, ich will es nicht jetzt schon verraten, denn deine Familie ist noch hier, und ihr geht gleich nach Hause. Aber jetzt, da wir die Ernte beendet haben und ich wieder mehr Zeit habe, drängt es mich, mit dir zu reden – möglichst noch vor dem Schabbat. Darf ich morgen zu dir kommen? Kannst du dafür sorgen, dass wir nicht gestört werden?»

«Klar!» antwortete Sara und legte Mariam die Hand auf die Schulter. «Wir machen uns einen gemütlichen Morgen. Ich werde schon dafür sorgen, dass wir nicht gestört werden!»

Mariam war dankbar, aber bei sich dachte sie, dass die Angelegenheit für sie wenig gemütlich sein würde! Sie war jedoch froh, dass sie schon einmal eine Andeutung gemacht hatte und Sara endlich die Wahrheit sagen würde.

18

Da es Elischewa so viel besser ging, glaubte Mariam, ihre Tante jetzt den ganzen Morgen allein lassen zu können. Sie machte sich schweren Herzens auf den Weg zu Sara. Wenn es nur schon gesagt wäre, wenn sie nur schon wüsste, dass Sara sie deswegen nicht verachten würde!

Zum ersten Mal spürte Mariam ein Ziehen im unteren Rücken. Die schwere körperliche Arbeit der letzten Wochen gekoppelt mit dem wachsenden Bauch hinterliessen langsam ihre Spuren. Gott sei Dank hatte sie die Ernte vollenden können, bevor sie ihr zu streng wurde.

Sara erwartete Mariam schon vor dem Haus, ein Putztuch in den Händen. Sie kam ihr entgegen und umarmte sie. «Mariam, du bist so ernst und feierlich – was macht dir solche Sorgen?»

«Gehen wir ins Haus?» bat Mariam. Sie gingen in die gemütliche Küche. Sara hatte ihr Versprechen gehalten, sie waren allein.

«So, was drückt dich, Mariam?» Sie legte Mariam tröstend die Hand auf den Arm.

Mariam hatte keine Ahnung, wie sie anfangen sollte. Sie stotterte und fing ein paar Mal an, hörte wieder auf, schaute auf ihren Schoss und wand vor Aufregung ihre langen Finger ineinander. Sie atmete stossweise, schwitzte und war rot im Gesicht. «Oh Gott, hilf mir!» rief sie auf einmal. «Sara, ich bin schwanger!»

Stille herrschte im Raum. Sara wurde stocksteif, die Augen weit aufgerissen. Sie zog ihre Hand zurück. Mit den Ellbogen auf dem Tisch führte sie die Hände zusammen und legte ihren Kopf darauf. «Das ist aber wirklich eine erschreckende Nachricht», sagte sie matt.

Mariam brachte kein Wort mehr heraus. Sara hatte genauso reagiert, wie sie gefürchtet hatte. Würde es ihr mit allen Freunden so ergehen? Würde sie schliesslich allein mit ihrem Kind dastehen, ohne irgendeine Hilfe? Ihre Stirn legte sich in Falten, ihr Mund wurde zu einem Strich. Was würde aus ihr und ihrem Kind werden?

«Hast du also schon mit deinem Verlobten geschlafen, noch vor der Hochzeit?»

«Das Kind ist nicht von Jossef», gab Mariam zu.

«Was?!» entfuhr es Sara. «Nein! Das darf nicht wahr sein. Wann? Noch in Nazareth? Oder mit jemandem auf der Reise? Was hast du dir bloss dabei gedacht? Ich bin schwer versucht, dich Hure zu nennen, das kann ich dir sagen.»

Mariam seufzte laut. «Du wärest nicht die Erste. So hat über mich anscheinend Zecharijas schon auf seiner Tafel geschrieben.»

«Das wundert mich gar nicht.»

«Sara, ich habe mit keinem Mann geschlafen.»

«Nicht? Wie ist es denn geschehen? Zauber, oder was?» fragte Sara ironisch.

«Ich kann gut verstehen, dass du mir nicht glaubst. Ich denke, ich würde es auch nicht. Aber wie du merkst, lebe ich noch immer unter Elischewas und Zecharijas' Dach, und die sind aufrechte und gottesfürchtige Leute. Zecharijas konnte es auch nicht glauben, genau so wenig wie du. Aber Elischewa hat vom ersten Augenblick an mich geglaubt. Sie hat mich verstanden, sie hat verstanden, dass Gott an mir ein Wunder geschehen liess.»

«Ein Wunder, ja?»

«Oh Sara!» wand sich Mariam, «Ich weiss auch nicht recht, wie es geschehen ist! Es kam so etwas wie ein Engel zu mir, und ich erfuhr, dass ich ein Kind empfangen würde, und das Kind würde gross sein und wichtig für das Volk Israel. Es ist Gottes Geschenk, nicht an mich allein, sondern an unser Volk.»

«Das glaubst du selber nicht.»

«Doch, Sara, das glaube ich! Denn ich habe es am eigenen Leib erfahren, und ich muss damit leben, dass sich die Menschen von mir abwenden, ohne dass ich etwas Böses getan habe. Aus irgendeinem Grund hat Gott mich auserwählt, dieses Kind ohne Zeugung durch einen Mann zu tragen. Glaub mir: Mir wäre es auch lieber gewesen, Gott hätte damit warten können, bis ich mit Jossef verheiratet gewesen wäre. Aber anscheinend wollte Er es so, offenbar musste es so vor sich gehen!»

Sara schwieg, es arbeitete in ihr. Das war wahrhaftig unverdauliche Kost, die ihr Mariam da aufgetischt hatte. Mariam schien zwar tatsächlich kein solches Mädchen zu sein, das ausserhalb der Ehe mit einem Mann eine Beziehung anfinge, aber diese Geschichte konnte man kaum glauben, das hatte es noch nie gegeben – konnte es auch nicht geben. Oder doch?

«Ich habe dich gern, Mariam, sonst hätte ich dich bereits aus meinem Haus geworfen. Aber ich finde es sehr, sehr schwierig, das zu glauben, was du mir erzählst. Was ist an dir so besonders, dass Gott dich für diese rätselhafte Schwangerschaft auserwählen sollte?»

«Das habe ich mich selbst gefragt, glaub mir!» rief Mariam. «Ich kann dir keine Antwort geben, ausser die, die mir Elischewa gegeben hat: In der Geschichte unseres Volkes wurden oft einfache Leute als Werkzeuge Gottes benutzt. König David war vorher ein einfacher Hirtenjunge. Vielleicht ist es aber auch deshalb, weil ich aus dem Stamm Aharon bin. Unsere Familien wurden immer erzogen, einen speziellen Bezug zur Thora zu entwickeln. Elischewa meint, das könnte einen Einfluss auf das wachsende Leben in mir haben. Das sieht Gott, das nützt Er für Seinen Plan.»

«Mariam, du musst mir Zeit geben. Ich kann nicht so einfach mir nichts, dir nichts akzeptieren, dass du durch ein Wunder schwanger bist. Du verlangst zu viel von mir. Ich werde das in meinem Herzen bewegen. Wenn ich bereit bin, komme ich zu dir. Ist das für dich so in Ordnung?»

Mariam realisierte, dass Sara ihr damit bereits sehr weit entgegenkam, und sie nickte bedächtig. «Ja, Sara. Ich verstehe deine Bedenken sehr wohl. Ich hätte sie auch. Ich kann dir nur nochmals versichern, dass ich aufrichtig bin. Das ist keine Notlüge – das ist wahr, was ich dir erzählt habe.»

«Geh jetzt, und lass mich in Ruhe darüber nachdenken.»

«Friede sei mit dir, Sara, ich hoffe du wirst mich wiedersehen wollen.»

«Das hoffe ich auch, Mariam.»

19

Mariam schleppte sich traurig zu Elischewa zurück. Elischewa sah Mariam an, dass sie Schlimmes erfahren hatte. «Wo warst du, Mariam?»

Mariam seufzte. «Ich war bei Sara.»

«Du hast ihr von deiner Schwangerschaft erzählt.» Es war eine Feststellung, keine Frage.

«Sie hat mich nicht endgültig verstossen.»

«Das ist gut. Es wird dir oft so gehen, die Leute brauchen Zeit, genau wie Zecharijas.»

«Ja, aber Sara hat keine Elischewa, die für mich eintritt und sie überzeugen kann!»

«Das wirst du bei ihr selbst machen können. Hab Geduld, Mariam! Das wird schon! Sara hat dich gern, sie ist eine gläubige Frau und hat einen grossartigen Verstand.»

«Kann man es aber mit dem Verstand erfassen, Elischewa?»

«Nein, du hast Recht. Das kann man nicht. Aber sie wird es durch Gottes Engel, oder durch Gnade oder irgendwie so erfassen können. Du musst stark sein und dich in Geduld üben. Überlass es unserem Gott!»

Bei Sara ging es keine zwei Tage wie bei Zecharijas; Sie platzte am späteren Nachmittag des nächsten Tages bei Elischewa und Mariam herein und umarmte Mariam herzlich.

«Ich kann es jetzt noch nicht verstehen, Mariam – aber ich brauche dich als Freundin, ich will dich deswegen nicht verstossen. Ich habe dich zu sehr gern!»

Mariam flossen Tränen der Erleichterung und der Rührung übers Gesicht und tropften vom Kinn auf Saras Schulter. «Danke!» sagte sie schlicht und drückte ihre Freundin fest an sich. «Ich hatte eine solche Angst, dich zu verlieren, aber ich musste es dir sagen.»

«Auf der Reise, als du erbrechen musstest — war das wegen der Schwangerschaft?»

«Ja, natürlich. Am liebsten hätte ich es dir gleich gesagt, aber ich war selber noch nicht sicher, ob ich bereits schwanger war oder nicht.»

«Du Arme! Das ist tatsächlich schwierig. Genauso wenig wie ich es dir geglaubt habe, werden es andere Menschen glauben können.»

«Ich weiss, Sara. Und erst Jossef! Ich habe es auch mit Elischewa besprochen. Ich werde sehr stark sein müssen. Gott hat mir eine schwierige Aufgabe auferlegt.»

Mariam schluckte schwer, und Sara machte ein betretenes Gesicht.

20

Elischewas Kind bewegte sich immer häufiger. Die weise Alte schaute, wie versprochen, jede Woche herein und überprüfte, ob das Kind gut lag und alles bei Elischewa in Ordnung war. Es gab keine weiteren negativen Folgen. In einem Monat würde es so weit sein. Sobald Elischewas Wehen einsetzten, würde Mariam die Alte holen.

Es war eine grosse Aufregung im Haus, die auch Zecharijas spürte. Er betete inbrünstig für Elischewa und das Kind und versuchte, die Zuversicht eines Gottesmannes an den Tag zu legen, aber insgeheim war er furchtbar nervös und kribbelig. Noch mehr als die Frauen fühlte er sich ohnmächtig und war des Wartens langsam satt.

Elischewa schaute ihren Mann an und zwinkerte Mariam zu. Sie lächelte verständnisvoll. Das Warten war schwierig – auch für sie.

«Ich glaube, er nimmt sich zusammen auch deinetwegen. Er will sich vor dir nicht blossstellen. Wenn ich allein mit ihm wäre, wäre er wohl nicht mehr auszuhalten!» sagte Elischewa leise.

Mariam lachte. «Ja, für die Männer ist es schwierig! Sie haben ihren Teil schon getan und können nichts mehr beitragen.»

Elischewa lachte mit. «Bei dir stimmt das nicht einmal!» Mariam wollte gerade peinlich berührt sein, aber dann lachte sie laut. Es war befreiend, die ganze Sache nicht mehr so todernst zu nehmen.

Auch wenn ihr das Schlimmste noch bevorstand, nämlich Jossef die Schwangerschaft zu beichten: Im Moment war die Leichtigkeit wohltuend. Der Ernst ihrer Situation würde sich schnell genug wieder einstellen.

«Was habt ihr beide?» schrieb Zecharijas auf seiner Tafel.

«Nichts!» kam es wie aus einem Munde von den beiden Frauen.

«Es freut mich, dass es euch so gut geht», schrieb er, und tatsächlich verschwand auch etwas von seiner Nervosität mit ihrem Lachen. Die Spannung war ein wenig gewichen, und das tat allen gut.

Zecharijas bereitete etwas Öl vor, das er am nächsten Tag in den Tempel mitnehmen wollte, während sich die Frauen in der Küche beschäftigten.

Nachher schrieb er auf seine Tafel: «Ich habe gehört, dass Mordechai und seine Mutter doch nicht so früh wie ursprünglich geplant nach Nazareth aufgebrochen sind. Sie werden erst in anderthalb Monaten abreisen.»

«Dafür hat Rivka jetzt mehr Zeit, sich für den Umzug vorzubereiten. Es ist eine Herausforderung, vor allem wenn man es ohne Ehemann bewältigen muss», sagte Elischewa.

«Mordechai wird ihr aber eine echte Hilfe sein, er ist sehr verantwortungsvoll geworden und entwickelt sich zu einem guten Mann», meinte Mariam.

***

Einige Tage später fragte Elischewa: «Mariam, wie lange wirst du noch bei mir bleiben können?»

«Oh, Tante Elischewa, am liebsten würde ich für immer hierbleiben, aber ich weiss selbst, das ist vor allem deshalb, weil ich die Auseinandersetzung zu Hause scheue! Ich will bald wieder meine Mutter in die Arme schliessen und ihr, so schwer es auch sein wird, von meiner Schwangerschaft erzählen.»

«Du musst daran denken, dass die Reise irgendwann schwierig für dich werden wird. Besser du gehst, bevor es für dich unangenehm wird, so lange auf den Beinen unterwegs zu sein. Dein Leib wird täglich schwerer, denk daran.»

«Ja, du hast Recht. Ich spüre es manchmal jetzt schon. Aber sicher will ich bis nach deiner Niederkunft bleiben, und am liebsten möchte ich auch zur Namensgebung noch hier sein.»

«Ja, ich denke, das sollte realistisch sein. Sehen wir das so vor. Du reisest ab, sobald Jochanan seinen Namen bekommen hat.»

«Dann muss ich mich um eine Reisegesellschaft sorgen. Weisst du was? Ich frage mich, ob ich mich nicht Mordechai und Rivka anschliessen soll.»

«Genau! Das könnte jetzt durch ihre neuen Reisepläne aufgehen! Geh und sprich doch gleich mit ihnen. Die sind bestimmt auch froh um einen Kopf mehr in ihrer kleinen Gruppe. Je mehr, desto sicherer!»

21

Zwei Wochen später ging es los. Elischewa kreischte auf, die Augen weit aufgerissen, und hielt den Atem an.

«Elischewa!» rief Mariam «Jetzt gilt's ernst! Atme, wie es dir die weise Alte beigebracht hat – ein, pff – aus, pff – ein, pff – aus, pff!»

Elischewa atmete tief und suchte nach Mariams Hand, die sie sehr fest drückte.

«Jetzt mach weiter so, denk daran, atmen, immer schön tief und ruhig, und den Schmerz ignorieren. Geh mit dem Atem! Ich renne, so schnell ich kann, zur Alten und hole sie her. Kannst du so lange aushalten?»

«Ich weiss es nicht, Mariam – ich hoffe es!»

«Gut, Tante, ich bin gegangen!»

Mariam lief wie der Wind nach Gethsemane. Die Alte war zuhause, nahm ihren Bündel, den sie für Niederkünfte immer gebunden hielt und eilte Mariam hinterher zurück nach Bethanien. Mariam hatte für den Weg hin und zurück gar nicht lange gebraucht. Die Alte liess Mariam heisses Wasser und Tücher holen, und zusammen brachten sie Elischewa in die richtige Stellung für die Geburt.

Die Alte nahm eines der Tücher und wischte den Schweiss von Elischewas Stirn. Sie war am ganzen Körper schon triefnass. Inzwischen kamen die Wehen in sehr kurzen Abständen. Die Alte kontrollierte die Lage des Kindes, schaute nach, wie stark sich Elischewas Schoss schon geöffnet hatte, und fand immer wieder Zeit für beruhigende Worte, Gesänge und aufmunterndes Streicheln.

«Elischewa, es ist alles in bester Ordnung», sagte sie. «Du wirst bald gebären.»

Zwischen kreischenden Schreien lächelte Elischewa dankbar. Sie war für ihr Alter eine kräftige Frau, aber jetzt brauchte sie ihre ganze Kraft, um diese unermesslichen Schmerzen auszuhalten. Nur der Gedanke an Jochanans Leben liess sie nicht verzweifeln, sondern tüchtig atmen und pressen.

Nach einer gefühlten Ewigkeit kam aus Elischewas Schoss eine Kuppe hervor, dann immer mehr vom Köpfchen und schliesslich brüllte das neue kleine Leben aus Leibeskräften. Elischewa fiel erschöpft auf ihr Lager zurück. Die Alte band die Nabelschnur fachgerecht ab und legte den kleinen Jochanan auf die Brust seiner Mutter. Elischewa weinte vor Rührung und Erleichterung, hielt ihr neues kleines Wunder in den Armen und lächelte selig zu Mariam hinauf.

«Das hast du sehr gut gemacht, Tante Elischewa!» sagte Mariam leise und küsste Elischewa auf den Kopf. Die Alte liess sie das gemeinsame Glück geniessen und räumte auf.

«Einen kräftigen Jungen hast du da!» meinte sie. «Wie wird er denn heissen?»

«Jochanan», sagte Elischewa selig und wiederholte den Namen, während sie ihr Kind ehrfürchtig anschaute und seinen Duft einatmete.

Am Abend, als Zecharijas nach Hause kam und von draussen schon das Geschrei des Kindes hörte, trat er mit Tränen ein, eilte zu Elischewa, sank auf die Knie und legte eine Hand segnend auf das Köpfchen seines kleinen Sohnes. «Gott ist gut», schrieb er schlicht, und hielt die Tafel vor sie hin. Die kleine Familie war vollständig. Mariam zog sich zurück, um Zecharijas neben seiner Frau Platz zu machen.

22

Die Nachricht verbreitete sich in der Nachbarschaft in Windeseile, dass Elischewa mit einem Sohn niedergekommen war. Vor der Synagoge war am Schabbat von nichts anderem mehr die Rede. Alle wollten das neue Kindchen sehen. Zuerst kamen Sara, Schimon, Jona und die Kinder. Dann kamen auch Rivka und Mordechai sowie weitere Nachbarn mit Gaben für das Kind. So war ein Kommen und Gehen und keine Ruhe im Haus. Alle priesen Gott für das Geschenk des neuen Lebens und freuten sich mit Elischewa.

Mariam wusste, dass der Tag ihres Abschiedes bald bevorstand, aber sie hatte überhaupt keine Gelegenheit, darüber nachzudenken oder ihn vorzubereiten, da Elischewa viel Hilfe mit dem Kind brauchte, damit sie sich den Besuchern widmen konnte. Mariam merkte, dass das Gefühl, ein Kind auf dem Arm zu halten, ihr ausgesprochen gut gefiel!

Acht Tage nach der Geburt war der Tag, an dem das Kind beschnitten und seinen Namen bekommen würde. Der Beschneider und sein Gehilfe kamen mit einem scharfen Messer, und alle eingeladenen Nachbarn waren dabei, um mitzufeiern. Als das Kind beschnitten war und aus kräftigen Lungen seinen Unmut kundgetan hatte, fragte der Beschneider «Wie soll sein Name sein?»

Elischewa sagte leise: «Er soll Jochanan heissen.»

«Wie?» fragte der Beschneider «Könnt ihr das bitte wiederholen? Ich glaube, ich habe euch falsch verstanden.»

«Er soll Jochanan heissen», sagte Elischewa wieder.

Alle schauten sie verwundert an, denn niemand in der Familie hatte je Jochanan geheissen. Sie sagten zu Elischewa: «Zecharijas muss aber auch damit einverstanden sein, es soll seine Entscheidung sein.»

Der Beschneider schlug vor, dass man Zecharijas etwas zum Schreiben bringe, damit er den Namen des Kindes aufschreiben könne. Schimon holte die Wachstafel und den Griffel und gab sie Zecharijas, der gross und deutlich schrieb: «Sein Name ist Jochanan!»

In der allgemeinen Verwunderung und dem Tohuwabohu merkte nur Elischewa, dass Zecharijas auf einmal wieder sprechen konnte. Er sagte zuerst leise, so dass es nur Elischewa und Mariam hören konnten: «Gott hat alles nach Seinem Willen getan, geheiligt sei Sein Name.»

Dann stand er auf, alle drehten sich zu ihm hin, und er verkündete jetzt laut und feierlich, wie wenn er seine Stimme nie verloren hätte: «Gott hat alles nach Seinem Willen getan, geheiligt sei Sein Name!»

«Zecharijas!» rief Schimon, «Du kannst wieder sprechen!»

«Auch das ist Sein Wille. Der Herr gibt, und der Herr nimmt», erwiderte Zecharijas bescheiden und ruhig.

Die Gäste schauten verwundert zu Zecharijas; manchen war die Furcht anzusehen, die diese seltsame Beschneidung in ihnen auslöste. Sobald das Kind rituell seinen Namen bekommen hatte, wollten sie nach Hause, denn es war ihnen in diesem Haus unheimlich geworden.

Schon auf dem Heimweg erzählten sie allen Nachbarn, was bei der Beschneidung geschehen war, und die Nachbarn erzählten es ihren Verwandten und Bekannten weiter, bis die Geschichte auch in Jerusalem die Runden machte.

Zecharijas, Elischewa und Mariam blieben allein zurück mit dem kleinen Jochanan. Sein Vater nahm den Kleinen in die Arme, stand auf und ging in die Mitte des Raumes. Alle hörten leises Flügelschlagen und Windesrauschen, während Zecharijas zu singen anfing:

«Gepriesen sei der Herr, der Gott Israels!
Denn Er hat sich seines Volks angenommen
und ihm Erlösung verschafft
und uns aufgerichtet ein Horn des Heils
im Hause Davids, seines Knechtes,
wie Er es versprochen hat durch den Mund Seiner heiligen Propheten von Ewigkeit her,

uns zu retten vor unseren Feinden und aus der Hand aller, die uns hassen,
Barmherzigkeit zu erweisen unseren Vätern und Seines heiligen Bundes zu gedenken,
des Eides, den Er unserm Vater Abraham geschworen hat, uns zu gewähren,
dass wir, errettet aus der Hand der Feinde, Ihm ohne Furcht dienen
in Heiligkeit und Gerechtigkeit vor Ihm all unsere Tage.
Und du, Kind, wirst Prophet des Höchsten genannt werden,
denn du wirst vor dem Herrn hergehen, seine Wege zu bereiten,
Erkenntnis des Heils zu geben seinem Volk durch die Vergebung ihrer Sünden,
aufgrund des herzlichen Erbarmens unseres Gottes,
mit dem das aufgehende Licht aus der Höhe uns besuchen will,
um zu leuchten denen, die in Finsternis und Todesschatten sitzen,
um zu lenken unsere Füsse auf den Weg des Friedens.[4]»

---

[4] Lukas 1, 68-79

23

Zwei Tage nach der Beschneidung fing Mariam langsam an, ihr Bündel zu packen, denn Rivka war gekommen, um ihr zu sagen, dass sie in drei Tagen abreisen würden. Mariam schluckte schwer, als sie zu Elischewa, Zecharijas und Jochanan hinüberschaute. Sowohl das Kind als auch die Stimme von Zecharijas waren ihr noch so neu und doch schon so vertraut, dass sie es jetzt besonders schwer fand, die Familie wieder zu verlassen. Aber sie konnte die Abreise nicht unendlich aufschieben, das wusste sie.

Als sie von Nazareth aufgebrochen war, war es fast wie eine Flucht gewesen, eine Flucht vor sich selbst und vor ihrem Geheimnis. Sie hatte sich leicht gefühlt, hatte alles so spannend gefunden und noch nicht die wirkliche Tragweite dessen wahrhaben wollen, was mit ihr geschah. Jetzt war der Aufbruch ein Weg zurück in die Verantwortung, und sie fühlte sich schwer und allein. Sie war froh um die Begleitung von Rivka und Morchechai, aber die konnten ihr nur Schutz vor physischer Gefahr bieten.

Als sie sich mit Elischewa und Zecharijas zum letzten gemeinsamen Schabbatmahl hinsetzte, konnte sie kaum einen Bissen herunterkriegen, und ihr Herz war schwer in ihrer Brust. Auch Elischewa war sehr still und fand keine Worte, um die Schwere der Stunde zu erleichtern. Alle gingen früh schlafen, weil sie den Abschied nicht weiter hinauszögern wollten.

Am nächsten Morgen kamen Rivka und Mordechai mit drei Eseln an, alle mit ihrem Hausrat schwer beladen, um Mariam abzuholen.

Mariam wollte das Herz brechen. Sie konnte nicht sprechen, nur ihre Hand nach ihren Gastgebern der letzten Monate ausstrecken und weinen. Elischewa drückte sie fest an sich. «Mein Mädchen, du wirst das gut machen!» sagte sie. «Du hast jetzt bei mir gesehen, wie es geht, und bei dir wird es nicht so schwer sein wie bei mir, denn du bist noch jung.»

Mariam nahm ihr Bündel und folgte Rivka und Mordechai auf dem Weg bergab. Bevor die Gruppe im Olivenhain aus den Blicken Elischewas und Zecharijas verschwand, drehte sich Mariam noch einmal um. Das Bild von Elischewa mit dem Kind auf dem Arm würde sie noch lange begleiten und sie vor Sehnsucht fast zerreissen.

24

Rivka und Mordechai hatten ein viel schnelleres Schritttempo als damals Schimon und Sara. Mariam vermochte kaum, mit ihnen Schritt zu halten. Zum Teil war es, weil sie aus Widerwillen vor dem, was sie zuhause erwartete, die Füsse schleifen liess. Aber zum anderen Teil spürte Mariam, wie sie ihr Bauch schwerer machte und das Gehen ihr wesentlich mehr Mühe bereitete als auf dem Hinweg. Rivka und Mordechai waren geduldig mit ihr, aber sie passten ihr Tempo nicht an, denn sie hatten in Nazareth viel zu tun und wollten zügig vorankommen.

Die Reise hielt einige Unannehmlichkeiten bereit, wie es jede längere Fussreise tut, aber schliesslich hatten sie es nach nur einer knappen Woche geschafft, waren wieder unter dem Berg Tabor hindurch gegangen und kamen endlich in Nazareth an.

Jetzt war es Mariam sehr mulmig zumute, schon bei der Vorstellung, ihre Mutter sehe sie zum ersten Mal mit dem nun deutlichen Bauch, aber noch viel mehr beim Gedanken an Jossef! Sie hatte längere Zeit kaum je an ihn gedacht und das Problem erfolgreich verdrängt. Nun war es vordringlich.

«Willst du allein nach Hause?» fragte Rivka, «oder sollen wir dich begleiten?»

«Nein, danke!» winkte Mariam ab. «Ich würde meine Mutter gerne allein in die Arme schliessen. Aber danke für das Angebot, und vielen Dank für die

Gesellschaft auf der Reise! Ihr musstet manchmal mit mir Geduld haben.»

«Das ist klar, in deinem Zustand! Alles Gute, liebe Mariam, und komm uns mit deinem Mann und deinem Kind besuchen, ja?»

«Ja, das werde ich tun! Auf Wiedersehen!»

Mariam hatte mit Rivka das Thema ihres Zivilstandes immer geflissentlich umgangen und wollte es jetzt beim Abschied auch nicht aufnehmen. Sie umarmte Rivka, verneigte sich leicht vor Mordechai und ging schweren Schrittes auf das Haus ihrer Mutter zu.

25

Was spürt eine Mutter doch alles, was mit ihrem Kind geschieht? Auch wenn das Kind meilenweit und lange Zeit fern von ihr lebte – so hatte Hannah die drei Monate ertragen, sich manches Mal in den Schlaf geweint und sich so sehr gesehnt, bis Mariam wieder bei ihr war. Dabei hatte sie ein seltsames Gefühl, dass ihr eine grosse Überraschung bevorstand, sobald sie Mariam wiedersah. Schon vor der Abreise hatte sich Mariam eigenartig verhalten, aber Hannah konnte sich keinen Reim darauf machen. Also übte sie sich in Geduld und versuchte, nicht zu sehr darüber nachzudenken.

Als Mariam am Nachmittag deutlich schwanger vor ihr stand, flog ihr Hannah trotzdem entgegen und nahm sie in die Arme, schluchzend nicht wegen der Schwangerschaft (das Gespräch darüber konnte warten), sondern vor Rührung, dass sie ihr Kind wieder bei sich hatte. Manchmal hatte sie sogar Angst gehabt, Mariam wäre etwas wirklich Schlimmes passiert, und sie würde sie nie wiedersehen.

«Oh Mariam, oh mein Kind! Du bist wieder da! Gott sei Dank! Ich habe dich so vermisst.»

Mariam weinte auch und war unendlich dankbar, dass ihre Mutter sie trotz der Schwangerschaft nicht vertrieb, obwohl sie noch keine Ahnung von der Situation hatte. Jetzt merkte sie erst, wie sehr auch ihr die Mutter gefehlt hatte, und sie spürte die Wärme ihrer Gegenwart im Herzen und im Bauch.

«Imma!» heulte sie. «Sieh mich an! Ich habe dir so viel zu erzählen.»

«Gehen wir hinein, mein Lämmlein», sagte Hannah, nahm ihre Tochter an der Hand und brachte sie in die Stube – in diesen Raum, wo vor einiger Zeit mit Flügelschlagen und Windesrauschen alles angefangen hatte.

Zuerst sass Mariam nur da und weinte sich die Seele aus dem Leib. Hannah wartete geduldig, aber mit Sorgenfalten zwischen den Augen. Es zerriss ihr das Herz, ihre Tochter so leiden zu sehen. Endlich konnte Mariam anfangen zu erzählen, zuerst stotternd, aber immer mehr an Stärke gewinnend, bis sie der Mutter erklärte: «Mein Kind wird gross sein im Volk Israel. Gott hat es so gewollt. Er hat seinen Engel zu mir gesandt, es mir zu verkündigen. Ich weiss es, Mutter, es ist so! Kannst du das auch glauben? Bitte, bitte, sag mir, dass du es auch glaubst!»

«Ich weiss nicht, Mariam. Das ist für mich alles so neu. So etwas hat es noch nie gegeben.»

Mariam musste sich zurückhalten, nicht zu stöhnen, so viele Male hatte sie diesen Satz schon gehört! Sie musste lernen, mit den Menschen Geduld zu haben, auch mit ihrer eigenen Mutter. Auch sie brauchte Zeit, das zu akzeptieren.

«Ja, Imma, ich weiss. Das ist viel, was ich dir jetzt zumute. Schlaf bitte darüber, ja? Wir sprechen morgen weiter.»

Unzufrieden legte sich Mariam wieder auf ihrer eigenen Matte schlafen. Es sollte sich besser anfühlen, das Heimkommen. Was hatte sie erwartet? Dass ihre Mutter alles sofort begreifen würde? Es wäre von jedem Menschen zu viel verlangt, das merkte sie selbst. Und trotzdem blieb ein bitteres Gefühl an ihr hängen.

26

Hannah verhielt sich Mariam gegenüber am nächsten Morgen liebevoll, aber sie erwähnte die Schwangerschaft nicht. Nach der Waschung sprachen sie das Gebet, assen ein wenig Fladenbrot und tranken das frische Quellwasser, das in Nazareth so kostbar war. Mariam merkte, wie sie das gute Wasser vermisst hatte. Es gab so vieles hier, was ihr gefiel, ihr aber erst jetzt auffiel, seitdem sie länger weg gewesen war.

Auf einmal sah Mariam ein, dass sie bisher von niemandem verstossen worden war, dem sie von der Schwangerschaft erzählt hatte! Das war in ihrer Lage gar nicht selbstverständlich. Sie hatte nur gemerkt, wie unangenehm es war, die Wahrheit erzählen zu müssen und dass sie im ersten Moment von niemandem geglaubt wurde. Sogar bei Elischewa hatte sie ganz am Anfang ein leises Misstrauen gespürt, auch wenn es sich sehr bald gelegt hatte. Trotzdem hatten bisher schliesslich alle zu ihr gestanden.

«Imma, bevor ich von hier nach Bethanien wegging, da war ich eine ziemliche Zicke! Ich glaube, wir waren beide froh, als ich abreiste, oder nicht?»

Hannah lächelte leicht. «Na ja, angenehm warst du nicht, das stimmt. Und ich gebe zu, im ersten Moment war es eine Erleichterung, deine Launen nicht mehr ertragen zu müssen. Aber sehr bald habe ich dich so vermisst, dass ich auch deine Launen gerne ausgehalten hätte, wenn ich dich nur wieder bei mir gehabt hätte. Schön, dass du wieder da bist, meine Tochter!»

«Und es tut mir leid wegen meiner Launen, aber ich konnte nicht anders. Ich habe nicht verstanden, was mit mir vorgeht, und ich konnte mich selbst nicht ausstehen!»

Hannah küsste sie zärtlich. «Wann gehst du zu Jossef, Mariam? Er vermisst dich auch, weisst du!»

«Wirklich?» fragte Mariam zaghaft. «Meinst du, ich soll ihn schon aufsuchen?»

Hannah nickte und strich ihrer Tochter über die Haare. «Er kann dich schliesslich nicht auffressen», sagte sie, obwohl sie im Innern nicht so zuversichtlich war, wie sie zu sein vorgab. «Geh zu ihm, sobald der Schabbat vorbei ist.»

Mariam blieb am Schabbat der Synagoge fern. Am Tag danach fand sie immer wieder etwas zu tun, bevor sie zu Jossef ging, aber endlich gab sie sich einen Ruck, da sie einsah, dass Verzögerung in diesem Fall wohl nicht die beste Taktik war.

Sie stand vor der Tür zu Jossefs Werkstatt und wusste: Jetzt ist der entscheidende Moment. Alles was ich sage, wird in die Waagschale geworfen und über unsere Zukunft entscheiden.

Sie trat ein und begann zu sprechen: «Jossef, ich …»

Jossef starrte sie an. Er sah, wie sich ihr Bauch unter ihrem Gewand wölbte. Sein Gesicht färbte sich tief violet-rot, dann weiss, und seine Hände verkrampften sich um den Hobel, den er hielt. Auf einmal holte er aus und schleuderte den Hobel gegen die Wand, drehte sich auf der Ferse von ihr weg und stiess ein hohes Schluchzen aus der Kehle. Nach einigen Sekunden drehte er sich ihr wieder zu.

«Von – wem – ist – das?» presste er hervor und zeigte mit dem Finger auf ihren Bauch. «Was soll das? Du getraust dich, so vor mich zu treten?»

Mariam hatte Jossef noch nie so gefühlsgeladen erlebt. Er, der die besten Häuser Nazareths baute und daran war, an ihrer Zukunft zu bauen, der immer sachlich und gefasst wirkte, hatte vollkommen die Beherrschung verloren.

«Mariam, ich – ich wollte für uns ein gutes Leben, und du hast alles zunichte gemacht. Ich habe mich so sehr auf die Hochzeit gefreut, ich habe dich geliebt …» Beim letzten herausgepressten Wort drehte er ihr wieder den Rücken zu, damit sie nicht sah, wie er mit den Tränen kämpfte. Seine Schultern bebten, die Hände waren zu Fäusten geballt.

Manchmal hatte sich Mariam gefragt, ob er sie wirklich gern hatte oder ob er sie nur aus praktischen Gründen heiraten wollte. Jetzt aber, da es zu spät war – jetzt sah sie ein, dass er sie geliebt hatte. In ihr brach eine Welt zusammen, und ganz offensichtlich auch in ihm.

Ohne auch nur einen Satz gesagt zu haben, drehte sich Mariam um und verliess schnell den

Raum, dann das Haus, ging zurück zu Hannah, wort-los an ihr vorbei und direkt ins Schlafgemach. Sie kam den ganzen restlichen Tag nicht wieder hervor.

27

Jossef sollte zu einem Bauherrn, auch sollte er einen fertiggestellten Tisch zu einem Kunden bringen. Aber jetzt war er so verwirrt, dass er keinen klaren Gedanken mehr fassen konnte. Er ging zum grossen Tonkrug, schöpfte einen Becher voll süssen Weins und trank ihn in einem Mal aus. So konnte er nicht vor die Leute treten.

«Ich war doch immer gerecht zu Mariam», dachte er, «wie konnte sie mich hintergehen?»

Dann kamen Rachegedanken. Er stellte sich vor, wie er Mariam vor den Nachbarn blossstellte und dabei die Sympathie und das Verständnis der Nachbarn spürte. Mariam würde wie ein geschlagener Hund weggehen.

In der Werkstatt hielt er es nicht mehr aus, aber die Kunden konnte er in diesem Zustand auch nicht besuchen. Er nahm einen Wanderstab und ging hinaus auf die Gasse. Zum Glück traf er gerade niemanden an, denn jeder würde sofort erkennen, dass mit ihm etwas nicht stimmte. Es zog ihn hinaus auf die Felder und Hügel der Umgebung. Stundenlang streunte er umher und dachte über den Zwiespalt nach. Was war zu tun? Er wollte Mariam nicht wirklich blossstellen, das war nur in der Hitze des Gefechts gedacht. Wie ein inneres Kropfleeren hatte er an all die Namen gedacht, die er Mariam gerne an den Kopf geworfen hätte. Tun würde er aber so etwas auf keinen Fall.

Dann würde er sie halt in aller Stille aus der Verlobung entlassen. Sie musste fortgehen, das war klar. Er hatte sein Geschäft, und schliesslich war das Ganze ihre Schuld. Beim Gedanken, dass es die Zukunft mit Mariam nicht mehr gab, die er immer vor Augen gehabt hatte, brüllte er wie ein Stier und schlug mit seinem Stab auf den Boden ein, bis der dicke Stab entzweibrach. Ein Schluchzen entfuhr ihm, er ging in die Knie und weinte wie ein Kind, das Gesicht im Staub.

Während er am Boden lag, hörte er etwas wie Flügelschlagen und Windesrauschen; die Luft schien auf einmal dichter zu werden. Er erhob den Kopf vom Boden und sah verschwommen eine Gestalt ein paar Schritte von ihm entfernt.

«Jossef!» hörte er. War es die Gestalt, die das sagte, oder kam die Stimme aus seinem Inneren? «Du brauchst keine Angst zu haben. Mariam ist noch immer deine angetraute Frau, sie hat mit keinem Mann geschlafen.»

«Aber sie ist schwanger», warf Jossef verwirrt ein.

Das Windesrauschen nahm zu und tönte wie eine Stimme, die sagte: «Was sie empfangen hat, ist ein Geschenk von Gott. Das Kind ist durch den Geist Gottes entstanden. Kein Mann hatte damit etwas zu tun.»

Jossef sah mit verwirrter Miene auf, eine tiefe Falte prägte sich zwischen seinen Brauen. Er schüttelte den Kopf. «Das kann nicht sein. So etwas gibt es gar nicht, hat es noch nie gegeben.»

Die Stimme fuhr unbeirrt weiter, wie wenn er nicht gesprochen hätte – und vielleicht hatte er auch nicht gesprochen, vielleicht hatte er das nur gedacht. «Mariam wird einen Sohn gebären, und du sollst ihm den Namen Jeschua geben.»

«Jeschua?» fragte Jossef erstaunt.

«Jeschua – Erlösung. Denn er wird sein Volk retten. Das Volk irrt, es macht viele Fehler, ist wie Schafe ohne einen Hirten. Jeschua wird sie von ihren Sünden retten. Weisst du, warum dies geschehen ist, Jossef?»

«Nein! Ich kann es nicht verstehen!»

«Das alles ist geschehen, damit das Wort Gottes, das Er durch die Propheten kundgetan hat, in Erfüllung geht: *Die Jungfrau wird schwanger werden und einen Sohn gebären, und man wird ihm den Namen Immanuel geben.*[5] Weisst du, was der Name bedeutet, Jossef? Immanuel heisst 'Gott mit uns'. Eins noch, Jossef – du sollst nicht mit Mariam schlafen, bis sie dieses Kind geboren hat.»

Jossef erwachte wie aus einem Traum. Inzwischen war es bereits dunkel geworden, er hatte jegliches Zeitgefühl verloren. Er meinte, er wäre nur etwa eine Stunde auf dem Boden gelegen, aber der halbe Tag war schon vergangen.

---

[5] Jesaja 7, 14

Wie es Jossef vorher von Mariam wegge-
trieben hatte, drängte es ihn jetzt zu ihr, denn er
erkannte, dass in dem, was er soeben gehört hatte,
in diesem Traum, in dieser Vision, oder in dieser
Botschaft oder was auch immer es war, die Wahrheit lag. Er sehnte sich nach seiner Frau, aber es war
jetzt Nacht, und er musste bis zum Morgen aushar-
ren.

Er ging nach Hause, legte sich auf sein Bett und
schlief tief und traumlos bis zum Morgen.

28

Hannah erwachte früh und ging in die Küche. Sie hoffte, dass Mariam inzwischen aus ihrer Kammer herausgekommen war, aber es war noch immer ganz still, wie wenn sie gar nicht da wäre. Hannah schaute leise herein und sah, dass Mariam auf dem Rücken lag und mit starren Augen ins Nichts sah. «Mariam», sagte sie leise, aber Mariam reagierte auf keine Weise. Langsam machte sich Hannah ernsthafte Sorgen – was war bloss bei Jossef geschehen, dass sie sich so von der Welt abgespalten hatte?

Mariam war an einem sehr dunklen Ort angelangt; es schien ihr, sie wäre durch einen langen Tunnel gegangen, wo es immer dunkler und dunkler wurde, ohne eine Chance, je wieder herauszufinden. Jetzt wusste sie nicht mehr zurück. Jetzt zweifelte sie an allem, und am meisten an sich selber.

Etwa eine Stunde liess Hannah ihre Tochter liegen und dachte nach, was sie für sie machen konnte, aber sie war völlig ratlos. Sie hörte Schritte vor dem Haus, öffnete die Tür und sah Jossef auf sie zukommen.

«Jossef!» rief sie verzweifelt «Was um alles in der Welt ist zwischen Mariam und dir geschehen? Meine Tochter hört auf nichts mehr! Sie ist wie von der Welt verschwunden.»

Jossef stürmte an Hannah vorbei und direkt zu Mariams Kammer. Er sah sie dort liegen, die Augen starr nach oben gerichtet. Die kleine Wölbung ihres

Bauches mit dem Gott-Kind sah so schutzlos aus, dass er sich neben sie kniete und seine groben Hände schützend zu beiden Seiten ihres Bauches legte. Mariam spürte, wie eine Kraft von ihm zu ihr und zum Kind hinüberfloss, drehte den Kopf zu ihm und sah in seinen Augen, dass jetzt alles anders war, dass auch er jetzt zu ihr stehen würde und somit doch nicht alles verloren war. Langsam hob sie eine Hand. Er legte seinen Kopf in ihre Handfläche und sagte «Meine Frau!» Dann hob er sie auf, hielt sie auf seinem Schoss und wiegte sie wie ein Kind, bis sie eingeschlafen war, von der Verzweiflung vollkommen erschöpft.

Hannah schaute herein und sagte: «Gott sei Dank! Wir hätten Mariam und das Kind beinahe verloren. Es wurde ihr beinahe zu viel.» Sie liess die zwei allein und ging zurück in die Küche.

Als Mariam wieder erwacht war, strich Jossef seiner Verlobten über die Schläfe. «Meine Frau!» sagte er wieder und küsste sie sanft. Sie erwiderte den Kuss ebenso sanft, denn es schien ihnen beiden alles noch so zerbrechlich.

«Wieso bist du zu mir gekommen, Jossef? Du warst doch so wütend. Ich habe erwartet, dass du mich von dir stösst. Ich war ganz sicher, dass du es tun würdest.»

«Mariam – ja, ich hätte das getan. Ich bin geflohen, konnte auch nicht zu meinen Kunden. Aber dann überkam mich draussen in den Hügeln und

Feldern eine seltsame Stimmung. Es war, wie wenn eine Gestalt aus verdichteter Luft vor mir stand und zu mir redete. Wie ein Engel.»

«War da auch ein Geräusch?» fragte Mariam.

«Ja, so etwas wie Flügelschlagen, und auch wie Windesrauschen.»

«Als ich erfuhr, was mit mir geschehen sollte, habe auch ich diese Geräusche gehört. Für mich habe ich es den Besuch des Engels genannt, weil ich es nicht besser beschreiben konnte. Weisst du, Jossef, für mich war es genau so schwierig wie für dich. Ich wollte meiner Mutter davon erzählen, aber ich wusste nicht wie. Dann wurde ich so unausstehlich und wollte nur noch weg zu Elischewa, weil auch sie schwanger war, und ich dachte, sie würde mich verstehen. Bei Elischewa hörte ich auch diese Geräusche, und sie auch. Weisst du was? Wir nennen es einen Engel, aber ich glaube, das passiert dann, wenn das Göttliche von uns Menschen Besitz ergreift. Es macht uns zu besseren Menschen – zu dem, wofür wir geboren wurden.»

«Wir müssen sehr bald heiraten, Mariam, denn ich will nicht, dass du zum Gerede des Dorfes wirst – deinetwegen, aber auch Jeschuas wegen.»

«Du – kennst seinen Namen?»

«Der Engel hat es mir gesagt. Dir auch?»

«Ja!» Mariam strahlte. Das war das grösste Geschenk von allen, ein Hochzeitsgeschenk vom Engel, denn sie teilten eine tiefe Erfahrung, die ihnen niemand nehmen konnte. Jetzt glaubte Mariam felsenfest an eine Zukunft mit Jossef, und sie freute sich auf die Hochzeit. Aber vor allem freute sie sich auf die Geburt Jeschuas, auf das Geschenk Gottes – auf ihren Sohn!

Personenliste:

Mariam (Maria), die werdende Mutter von Jeschua (Jesus) in Nazareth

Elischewa (Elisabeth), die werdende Mutter von Jochanan (Johannes) in Bethanien

Jossef (Joseph), Zimmermann und Mariams Verlobter in Nazareth

Hannah (Anna), Mariams Mutter

Zecharijas (Zacharias), Elischewas Mann, Priester im Tempel in Jerusalem

Sara und Schimon, ihre beiden Kinder Marta und Elazar (Lazarus), und Schimons Vater Jona, Nachbarn der Elischewa in Bethanien

Rivka und ihr Sohn Mordechai, Olivenhainbesitzerin in Bethanien

Alte weise Frau, Hebamme in Gethsemane

Stephanie Meier: **Die Flucht nach Ägypten**

Frisch verheiratet müssen Mariam und Jossef nach Betlehem
aufbrechen, um sich für den Zensus in Jossefs Heimatort ein-
tragen zu lassen. Dort wird ihr Kind Jeschua geboren. Mitten in
der Nacht brechen sie zur Flucht auf, denn König Herodes
trachtet nach dem Leben ihres Kindes.

Ein Roman nach der biblischen Erzählung– sowohl derjenigen
aus dem Matthäus-Evangelium, als auch der etwas anderen
aus dem Lukas-Evangelium. Es fliessen auch Legenden aus der
koptisch-christlichen Tradition Ägyptens in die Geschichte ein.

Erschienen Oktober 2021